LES
AUTEURS GRECS

EXPLIQUÉS D'APRÈS UNE MÉTHODE NOUVELLE

PAR DEUX TRADUCTIONS FRANÇAISES

L'UNE LITTÉRALE ET JUXTALINÉAIRE PRÉSENTANT LE MOT A MOT FRANÇAIS
EN REGARD DES MOTS GRECS CORRESPONDANTS
L'AUTRE CORRECTE ET PRÉCÉDÉE DU TEXTE GREC

avec des sommaires et des notes

PAR UNE SOCIÉTÉ DE PROFESSEURS

ET D'HELLÉNISTES

HOMÈRE
—

L'ILIADE
EXPLIQUÉE, TRADUITE ET ANNOTÉE

PAR M. C. LEPRÉVOST
Professeur au collège royal de Bourbon
—

Vingt-Troisième Chant

PARIS

LIBRAIRIE DE L. HACHETTE ET Cie
RUE PIERRE-SARRAZIN, Nº 14
(Près de l'École de médecine)
—

LES

AUTEURS GRECS

EXPLIQUÉS D'APRÈS UNE MÉTHODE NOUVELLE

PAR DEUX TRADUCTIONS FRANÇAISES

Ce chant a été expliqué littéralement, traduit en français et annoté par M. C. Leprévost, ancien professeur au lycée Bonaparte.

Paris. — Imprimerie de Ch. Lahure et Cie, rue de Fleurus, 9

LES
UTEURS GRECS

EXPLIQUÉS D'APRÈS UNE MÉTHODE NOUVELLE

PAR DEUX TRADUCTIONS FRANÇAISES

E LITTÉRALE ET JUXTALINÉAIRE PRÉSENTANT LE MOT A MOT FRANÇAIS
EN REGARD DES MOTS GRECS CORRESPONDANTS
L'AUTRE CORRECTE ET PRÉCÉDÉE DU TEXTE GREC

avec des sommaires et des notes

PAR UNE SOCIÉTÉ DE PROFESSEURS

ET D'HELLÉNISTES

———

HOMÈRE

CHANT VINGT-TROISIÈME DE L'ILIADE

PARIS

LIBRAIRIE DE L. HACHETTE ET Cⁱᵉ

RUE PIERRE-SARRAZIN, Nᵒ 14

(Près de l'École de médecine)

——

1862
1861

AVIS

RELATIF A LA TRADUCTION JUXTALINÉAIRE.

On a réuni par des traits les mots français qui traduisent un seul mot grec.

On a imprimé en *italiques* les mots qu'il était nécessaire d'ajouter pour rendre intelligible la traduction littérale, et qui n'avaient pas leur équivalent dans le grec.

Enfin, les mots placés entre parenthèses, dans le français, doivent être considérés comme une seconde explication, plus intelligible que la version littérale.

ARGUMENT ANALYTIQUE

DU VINGT TROISIÈME CHANT DE L'ILIADE.

———

Achille invite les Myrmidons à célébrer les funérailles de Patrocle, et fait préparer le repas funèbre. — Les compagnons d'Achille l'engagent à laver le sang dont il est souillé; mais il refuse, tant qu'il n'aura pas rendu à son ami les honneurs du bûcher. — Son serment. — Son sommeil. — Patrocle lui apparaît en songe. — Sa prière. — Réponse d'Achille, qui, voulant l'embrasser, n'atteint que le vide. — Dès que l'Aurore a paru, les guerriers vont couper les bois de l'Ida. — Convoi de Patrocle, dont le corps est placé sur le bûcher. — Achille lui offre sa blonde chevelure. — Il brûle avec lui douze guerriers Troyens, quatre coursiers, etc. — Protection spéciale dont Vénus et Apollon ont honoré les restes d'Hector. — Achille prépare les jeux funèbres, et dépose dans l'arène les prix des jeunes vainqueurs. — Course des chars. — Eumèle, Diomède, Ménélas, Antiloque, s'en disputent les prix. — Conseils de Nestor à son fils. — Le cinquième concurrent est Mérion, écuyer d'Idoménée. — Les guerriers tirent au sort. — Diverses chances de la course, dont Diomède est le vainqueur. — Discussion d'Ajax, fils d'Oïlée, et d'Idoménée, qui dégénèrerait en querelle sans l'intervention d'Achille. — Achille dédommage Eumèle de sa défaite. — Querelle d'Antiloque et de Ménélas, qui se laisse désarmer par la prudente modestie de son jeune et heureux rival. — Achille fait présent d'une coupe d'or, le cinquième des prix de la course des chars, au vieux Nestor, en mémoire des funérailles de Patrocle. — Nestor rappelle les exploits de sa jeunesse. — Prix du pugilat. — Épéus défie les Grecs. — Euryale répond à son appel, et gagne la double coupe, prix du vaincu. — Prix de la lutte. — Ajax, fils de Télamon, et Ulysse se les disputent longtemps, et sont enfin proclamés tous les deux vainqueurs. — Prix de la course. — Ulysse est vainqueur, grâce à Minerve. — Plaintes d'Ajax. — Antiloque arrive au but le dernier, et rend hommage à ses aînés; en même temps il loue Achille, qui l'en récompense. — Prix du combat à la lance. — Ajax, fils de Télamon, et Diomède, se les disputent. — Diomède est vainqueur. — Épéus, Léontée, Ajax, fils de Télamon, et Polypète, lancent le disque; Polypète est vainqueur. — Prix réservés à ceux qui seront les plus habiles à manier l'arc. — Une colombe attachée au haut d'un mât est le but désigné par Achille. — Teucer coupe avec sa flèche la corde qui retient l'oiseau par la patte, et Mérion atteint la colombe au vol; il est vainqueur. — Agamemnon et Mérion se présentent pour lancer le javelot; mais Achille fait hommage du prix au fils d'Atrée, qui laisse un javelot d'airain à Mérion, à titre de vaincu présumé.

ΟΜΗΡΟΥ

ΙΛΙΑΔΟΣ

ΡΑΨΩΔΙΑ Ψ.

ΑΘΛΑ ΕΠΙ ΠΑΤΡΟΚΛΩ.

Ὣς οἱ μὲν στενάχοντο κατὰ πτόλιν· αὐτὰρ Ἀχαιοὶ
ἐπειδὴ νῆάς τε καὶ Ἑλλήσποντον ἵκοντο,
οἱ μὲν ἄρ' ἐσκίδναντο ἑὴν ἐπὶ νῆα ἕκαστος.
Μυρμιδόνας δ' οὐκ εἴα ἀποσκίδνασθαι Ἀχιλλεύς,
ἀλλ' ὅγε οἷς ἑτάροισι φιλοπτολέμοισι μετηύδα·   5

« Μυρμιδόνες ταχύπωλοι, ἐμοὶ ἐρίηρες ἑταῖροι,
μὴ δή πω ὑπ' ὄχεσφι λυώμεθα μώνυχας ἵππους[1],
ἀλλ' αὐτοῖς ἵπποισι καὶ ἅρμασιν ἆσσον ἰόντες,
Πάτροκλον κλαίωμεν· ὃ γὰρ γέρας ἐστὶ θανόντων.
Αὐτὰρ ἐπεί κ' ὀλοοῖο τεταρπώμεσθα γόοιο,   10
ἵππους λυσάμενοι, δορπήσομεν ἐνθάδε πάντες. »

Ὣς ἔφαθ'· οἱ δ' ὤμωξαν ἀολλέες· ἦρχε δ' Ἀχιλλεύς.
Οἱ δὲ τρὶς περὶ νεκρὸν ἐϋτριχας ἤλασαν ἵππους,

La ville retentissait de tous côtés de cris de douleur. Cependant les
Grecs arrivés à leur flotte, sur les bords de l'Hellespont, se disper-
sèrent chacun dans leurs vaisseaux: seulement Achille défend aux
Myrmidons de se séparer, et dit à ses belliqueux compagnons :

« Myrmidons aux rapides coursiers, mes chers compagnons d'armes, ne dételez pas encore les coursiers au dur sabot, mais appro-
chez avec vos chevaux et vos chars pour pleurer Patrocle, comme
on le doit aux morts. Puis, quand nous lui aurons payé le tribut
de notre douleur, nous détèlerons les chevaux, et célébrerons tous
ici le repas funèbre. »

Il dit ; et ces guerriers se rassemblent en gémissant, conduits par
Achille. Ils tournent trois fois autour du corps traînés par leurs

L'ILIADE
D'HOMÈRE.
CHANT XXIII.

JEUX EN L'HONNEUR DE PATROCLE.

Ὣς οἱ μὲν	Ainsi ceux-ci (*les Troyens*)
στενάχοντο κατὰ πτόλιν·	gémissaient à travers la ville ;
αὐτὰρ ἐπειδὴ Ἀχαιοὶ	mais lorsque les Achéens
ἵκοντο	furent arrivés
νῆάς τε καὶ Ἑλλήσποντον,	et aux vaisseaux et à l'Hellespont,
οἱ μὲν ἄρα ἐσκίδναντο	ceux-ci certes donc se dispersèrent
ἕκαστος ἐπὶ ἑὴν νῆα.	chacun vers son vaisseau.
Ἀχιλλεὺς δὲ οὐκ εἴα	Or Achille ne permettait pas
Μυρμιδόνας ἀποσκίδνασθαι,	les Myrmidons se disperser,
ἀλλὰ ὅγε μετηύδα	mais celui-ci dit-parmi
οἷς ἑτάροισι φιλοπτολέμοισι·	ses compagnons belliqueux :
« Μυρμιδόνες ταχύπωλοι,	« Myrmidons aux-rapides-coursiers,
ἑταῖροι ἐρίηρες ἐμοί,	compagnons très-chers à moi,
μὴ δὴ λυώμεθά πω ὑπὸ ὄχεσφιν	ne délions nullement sous les chars
ἵππους μώνυχας,	les chevaux solipèdes
ἀλλὰ ἰόντες ἄσσον	mais étant allés plus près
ἵπποισιν αὐτοῖς καὶ ἅρμασι,	avec les chevaux mêmes et les chars,
κλαίωμεν Πάτροκλον·	pleurons Patrocle :
ὃ γάρ ἐστι γέρας	ce-qui en effet est la récompense
θανόντων.	de *ceux* étant morts.
Αὐτὰρ ἐπεί κε τεταρπώμεσθα	Mais quand nous nous serons rassasiés
γόοιο ὀλοοῖο,	de gémissement funèbre,
λυσάμενοι ἵππους,	ayant délié *nos* chevaux,
δορπήσομεν πάντες ἐνθάδε. »	nous souperons tous ici. »
Ἔφατο ὥς·	Il dit ainsi :
οἱ δὲ ἀολλέες ὤμωξαν·	et eux nombreux gémirent ;
Ἀχιλλεὺς δὲ ἦρχεν	et Achille commença.
Οἱ δὲ ἤλασαν τρὶς	Ceux-ci poussèrent trois-fois
περὶ νεκρὸν	autour du cadavre
ἵππους ἐὐτριχας,	les chevaux aux-beaux-crins,

μυρόμενοι· μετὰ δέ σφι Θέτις γόου ἵμερον ὦρσε.
Δεύοντο ψάμαθοι, δεύοντο δὲ τεύχεα φωτῶν   15
δάκρυσι· τοῖον γὰρ πόθεον μήστωρα φόβοιο !
Τοῖσι δὲ Πηλείδης ἀδινοῦ ἐξῆρχε γόοιο,
χεῖρας ἐπ' ἀνδροφόνους θέμενος στήθεσσιν ἑταίρου·

« Χαῖρέ μοι, ὦ Πάτροκλε, καὶ εἰν Ἀΐδαο δόμοισι·
πάντα γὰρ ἤδη τοι τελέω τὰ πάροιθεν ὑπέστην,   20
Ἕκτορα δεῦρ' ἐρύσας, δώσειν κυσὶν ὠμὰ δάσασθαι,
δώδεκα δὲ προπάροιθε πυρῆς ἀποδειροτομήσειν
Τρώων ἀγλαὰ τέκνα, σέθεν κταμένοιο χολωθείς. »

Ἦ ῥα, καὶ Ἕκτορα δῖον ἀεικέα μήδετο ἔργα,
πρηνέα πὰρ λεχέεσσι Μενοιτιάδαο τανύσσας   25
ἐν κονίης· οἱ δ' ἔντε' ἀπωπλίζοντο ἕκαστος
χάλκεα, μαρμαίροντα, λύον δ' ὑψηχέας ἵππους·
κὰδ δ' ἷζον παρὰ νηὶ ποδώκεος Αἰακίδαο[1],
μυρίοι· αὐτὰρ ὁ τοῖσι τάφον[2] μενοεικέα δαίνυ.

coursiers à la belle crinière, et avec des cris de douleur. Thétis elle-même les invite à pleurer ; et le sable du rivage, et les armes des guerriers, sont trempés de leurs larmes : tant on regrette le héros, terreur des ennemis ! Le fils de Pélée mène le deuil, et posant ses mains homicides sur la poitrine de son ami :

« Salut, Patrocle ; réjouis-toi même aux enfers ! Je veux accomplir toutes mes promesses : Hector, traîné jusqu'ici, va devenir la proie des chiens dévorants, et douze des plus nobles enfants des Troyens seront égorgés devant ton bûcher pour expier ta mort. »

Il dit, et méditant de nouveaux outrages pour le divin Hector, il le couche la face dans la poussière, près du lit funèbre du fils de Ménétius. Chacun se dépouille de ses armes, dont l'airain brille, et dételle les coursiers hennissants ; tous viennent se ranger en foule devant le vaisseau de l'agile descendant d'Éaque, qui leur offre un

μυρόμενοι·	en se lamentant;
Θέτις δὲ ὦρσε μετά σφιν	et Thétis excita parmi eux
ἵμερον γόου.	le désir du gémissement.
Ψάμαθοι δεύοντο,	Les sables étaient mouillés,
τεύχεα δὲ φωτῶν	et les armes des mortels
δεύοντο δάκρυσι·	étaient mouillées de larmes :
τοῖον γὰρ μήστωρα φόβοιο πόθεον!	tel artisan de crainte ils regrettaient !
Πηλείδης δὲ	Mais le fils-de-Pélée
ἐξῆρχε τοῖσι	commença parmi eux
γόοιο ἀδινοῦ,	un gémissement fréquent,
θέμενος χεῖρας ἀνδροφόνους	ayant placé *ses* mains homicides
ἐπὶ στήθεσσιν ἑταίρου·	sur la poitrine de *son* compagnon :
« Χαῖρέ μοι, ὦ Πάτροκλε,	« Réjouis-toi à moi, ô Patrocle :
καὶ εἰν δόμοισιν Ἀΐδαο·	même dans les demeures de Pluton ;
τελέω γάρ τοι ἤδη	car j'accomplirai à toi bientôt
πάντα τὰ	toutes-les-choses lesquelles
ὑπέστην πάροιθεν,	je promis auparavant,
ἐρύσας Ἕκτορα δεῦρο,	*à savoir*, ayant traîné Hector ici,
δώσειν κυσὶ	devoir donner aux chiens
δάσασθαι ὠμά,	à déchirer *ses chairs* crues,
ἀποδειροτομήσειν δὲ	et devoir couper-le-cou
προπάροιθε πυρῆς	en-devant du bûcher
δώδεκα τέκνα ἀγλαὰ Τρώων,	à douze enfants beaux des Troyens,
χολωθεὶς σέθεν κταμένοιο. »	ayant été irrité *pour* toi tué. »
Ἦ ῥα,	Il dit donc,
καὶ μήδετο ἔργα ἀεικέα	et il méditait des œuvres indignes
Ἕκτορα δῖον,	*contre* Hector divin,
τανύσσας	*l*'ayant étendu
πρηνέα ἐν κονίης	penché-en-avant dans la poussière
πὰρ λεχέεσσι Μενοιτιάδαο.	près du lit du fils-de-Ménétius.
Οἱ δὲ ἀφωπλίζοντο	Et eux (les Grecs) se dépouillaient
ἕκαστος ἔντεα	chacun de *leurs* armes
χάλκεα, μαρμαίροντα,	d'airain, étincelantes,
λύον δὲ	et déliaient
ἵππους ὑψηχέας·	les chevaux résonnant-haut ;
κάθιζον δὲ μυρίοι	et s'assirent innombrables
παρὰ νηῒ	près du vaisseau
Αἰακίδαο ποδώκεος·	du petit-fils-d'Éaque aux-pieds-rapi-
αὐτὰρ ὁ δαίνυ τοῖσι	or lui partageait à eux [des :
τάφον μενοεικέα.	un repas-funèbre qui-réjouit-le-cœur.

Πολλοὶ μὲν βόες ἀργοὶ ὀρέχθεον ἀμφὶ σιδήρῳ,   30
σφαζόμενοι, πολλοὶ δ᾽ ὄϊες καὶ μηκάδες αἶγες·
πολλοὶ δ᾽ ἀργιόδοντες ὕες, θαλέθοντες ἀλοιφῇ,
εὑόμενοι τανύοντο διὰ φλογὸς Ἡφαίστοιο ·
πάντη δ᾽ ἀμφὶ νέκυν κοτυλήρυτον ἔῤῥεεν αἷμα.

Αὐτὰρ τόνγε ἄνακτα ποδώκεα Πηλείωνα   35
εἰς Ἀγαμέμνονα δῖον ἄγον βασιλῆες Ἀχαιῶν,
σπουδῇ παρπεπιθόντες, ἑταίρου χωόμενον κῆρ.
Οἱ δ᾽ ὅτε δὴ κλισίην Ἀγαμέμνονος ἷξον ἰόντες,
αὐτίκα κηρύκεσσι λιγυφθόγγοισι κέλευσαν
ἀμφὶ πυρὶ στῆσαι τρίποδα μέγαν, εἰ πεπίθοιεν   40
Πηλείδην, λούσασθαι ἄπο βρότον αἱματόεντα ·
αὐτὰρ ὅγ᾽ ἠρνεῖτο στερεῶς, ἐπὶ δ᾽ ὅρκον ὄμοσσεν ·

« Οὐ μὰ Ζῆν᾽, ὅστις τε θεῶν ὕπατος καὶ ἄριστος,
οὐ θέμις ἐστὶ λοετρὰ καρήατος ἆσσον ἱκέσθαι,
πρίν γ᾽ ἐνὶ Πάτροκλον θέμεναι πυρὶ, σῆμά τε χεῦαι,   45
κείρασθαί τε κόμην · ἐπεὶ οὔ μ᾽ ἔτι δεύτερον ὧδε

repas abondant. Un grand nombre de taureaux blancs, de brebis, de
chèvres bèlantes, tombent égorgés sous le couteau; des porcs
chargés de graisse, aux dents blanches, rôtissent étendus sur la
flamme de Vulcain, et le sang coule à flots autour du corps de Patrocle.

Alors les rois des Grecs s'empressent de conduire au divin Agamemnon le fils de Pélée, le chef aux pieds rapides, malgré la douleur
qu'il ressent de la perte de son ami. Arrivés à la tente d'Agamemnon,
ils ordonnent sur-le-champ aux hérauts à la voix éclatante de placer
sur le feu un grand trépied, pour engager le fils de Pélée à laver les
taches de sang dont il est souillé; mais il refuse obstinément, et at-
teste ainsi les dieux :

« Non, par Jupiter, le premier et le plus grand des dieux, l'onde
n'approchera pas de ma tête que je n'aie placé Patrocle sur le bûcher,
élevé un monument, et consacré ma chevelure à ses mânes ! Jamais

Βόες μὲν ἀργοὶ πολλοὶ	Et des bœufs blancs nombreux
ὀρέχθεον ἀμφὶ σιδήρῳ,	palpitaient autour du fer,
σφαζόμενοι,	étant égorgés,
ὄϊες δὲ πολλοὶ	ainsi que des moutons nombreux
καὶ αἶγες μηκάδες·	et des chèvres bêlantes ;
ὕες δὲ πολλοὶ	et des cochons nombreux
ἀργιόδοντες,	aux-dents-blanches,
θαλέθοντες ἀλοιφῇ,	étant-florissants de graisse,
τανύοντο εὑόμενοι	étaient étendus cuisant
διὰ φλογὸς Ἡφαίστοιο·	à travers la flamme de Vulcain ;
αἷμα δὲ κοτυλήρυτον	et le sang à-puiser-avec-une-cotyle
ἔρρεεν πάντη ἀμφὶ νέκυν.	coulait partout autour du cadavre.
Αὐτὰρ βασιλῆες Ἀχαιῶν	Mais les rois des Achéens
ἄγον τόνγε ἄνακτα	conduisaient ce prince,
Πηλείωνα ποδώκεα	fils-de-Pélée, aux-pieds-rapides,
εἰς Ἀγαμέμνονα δῖον,	vers Agamemnon divin,
παρπεπιθόντες σπουδῇ,	l'ayant persuadé avec-peine,
χωόμενον κῆρ ἑταίρου.	lui affligé en-son-cœur pour un ami.
Οἱ δὲ ὅτε δὴ ἷξον	Mais eux lorsque certes ils arrivèrent
ἰόντες κλισίην Ἀγαμέμνονος,	étant allés à la tente d'Agamemnon,
κέλευσαν αὐτίκα	ils ordonnèrent aussitôt
κηρύκεσσι λιγυφθόγγοισι	aux hérauts à-la-voix-éclatante
στῆσαι ἀμφὶ πυρὶ	d'avoir placé près du feu
τρίποδα μέγαν,	un trépied grand,
εἰ πεπίθοιεν	s'ils auraient persuadé
Πηλείδην	au fils-de-Pélée
ἀπολούσασθαι βρότον αἱματόεντα·	d'avoir lavé la tache sanglante ;
αὐτὰρ ὅγε ἠρνεῖτο στερεῶς,	mais celui-ci refusait obstinément,
ἐπόμοσσε δὲ ὅρκον·	et jura ce serment :
« Οὐ μὰ Ζῆνα,	« Non par Jupiter,
ὅστις ὕπατός τε	qui est et le suprême
καὶ ἄριστος θεῶν,	et le meilleur des dieux,
οὐ θέμις ἐστὶ	il n'est pas permis
λοετρὰ ἱκέσθαι	des bains être venus
ἆσσον κρήατος,	plus près de ma tête,
πρίν γε θέμεναι	avant du moins d'avoir placé
Πάτροκλον ἐνὶ πυρὶ,	Patrocle sur le feu du bûcher,
χεῦαί τε σῆμα,	et d'avoir construit un monument,
κείρασθαί τε κόμην·	et de m'être rasé la chevelure :
ἐπεὶ ἄχος δεύτερον ὧδε	car une douleur seconde ainsi

ἵζετ' ἄχος κραδίην, ὄφρα ζωοῖσι μετείω.
Ἀλλ' ἤτοι νῦν μὲν στυγερῇ πειθώμεθα δαιτί·
ἠῶθεν δ' ὄτρυνον, ἄναξ ἀνδρῶν Ἀγάμεμνον,
ὕλην τ' ἀξέμεναι, παρά τε σχεῖν ὅσσ' ἐπιεικὲς   5ο
νεκρὸν ἔχοντα νέεσθαι ὑπὸ ζόφον ἠερόεντα,
ὄφρ' ἤτοι τοῦτον μὲν ἐπιφλέγῃ ἀκάματον πῦρ
θᾶσσον ἀπ' ὀφθαλμῶν, λαοὶ δ' ἐπὶ ἔργα τράπωνται. »

    Ὣς ἔφαθ'· οἱ δ' ἄρα τοῦ μάλα μὲν κλύον, ἠδ' ἐπίθοντο.
Ἐσσυμένως δ' ἄρα δόρπον ἐφοπλίσσαντες ἕκαστοι   5ð
δαίνυντ', οὐδέ τι θυμὸς ἐδεύετο δαιτὸς ἐΐσης.
Αὐτὰρ ἐπεὶ πόσιος καὶ ἐδητύος ἐξ ἔρον ἕντο,
οἱ μὲν κακκείοντες ἔβαν κλισίηνδε ἕκαστος.

    Πηλείδης δ' ἐπὶ θινὶ πολυφλοίσβοιο θαλάσσης·
κεῖτο βαρὺ στενάχων, πολέσιν μετὰ Μυρμιδόνεσσιν,   6ο
ἐν καθαρῷ, ὅθι κύματ' ἐπ' ἠϊόνος κλύζεσκον·
εὖτε τὸν ὕπνος ἔμαρπτε, λύων μελεδήματα θυμοῦ,

pareil chagrin ne me serrera le cœur tant que je serai parmi les vivants. Asseyons-nous maintenant au banquet funèbre. Agamemnon,
prince des hommes, ordonne que dès l'aurore on apporte du bois, et
qu'on rende à Patrocle tous les honneurs qu'on doit au mort qui va
descendre au séjour des ombres ; que la flamme dévorante en le
consumant le dérobe à nos yeux, et qu'ensuite les Grecs retournent
au combat ! »

    A ces mots, les guerriers dociles s'empressent d'obéir. Ils prépa-
rent activement le festin, y prennent part, et se rassasient de mets
également divisés. Lorsqu'ils ont satisfait leur soif et leur faim, ils
vont se reposer sous leurs tentes.

    Le fils de Pélée, couché sur le bord de la mer au bruyant mur-
mure, gémissait entouré de ses nombreux Myrmidons, dans un endroit du rivage purifié par les flots qui s'y brisent. Bientôt le doux
sommeil le gagne et assoupit les chagrins de son cœur. Il avait épuisé

οὐκ ἔτι ἵξεταί με κραδίην,   ne viendra plus à moi au cœur,

ὄφρα μετείω ζωοῖσι.   tant que je serai-parmi les vivants.

Ἀλλὰ ἤτοι νῦν μὲν   Mais certes maintenant à la vérité

πειθώμεθα δαιτὶ στυγερῇ·   obéissons au repas funèbre;

ὄτρυνον δὲ ἠῶθεν,   et excite-les de bonne-heure,

Ἀγάμεμνον, ἄναξ ἀνδρῶν,   Agamemnon, prince des hommes,

ἀξέμεναί τε ὕλην,   et à devoir apporter du bois,

παρασχεῖν τε   et à avoir fourni

ὅσσα ἐπιεικὲς   toutes-choses-que *il est* convenable

νεκρὸν ἔχοντα   un mort ayant

νέεσθαι ὑπὸ ζόφον ἠερόεντα,   aller sous l'obscurité ténébreuse,

ὄφρα ἤτοι μὲν   afin que certes à la vérité

πῦρ ἀκάματον   le feu infatigable

ἐπιφλέγῃ τοῦτον θᾶσσον   brûle lui plus vite

ἀπὸ ὀφθαλμῶν,   *l'emportant* loin de *nos* yeux,

λαοὶ δὲ   et *que* les peuples

ἐπιτράπωνται ἔργα. »   se soient tournés vers *leurs* œuvres. »

   Ἔφατο ὥς·   Il dit ainsi :

οἱ δὲ ἄρα κλύον μάλα τοῦ μὲν,   ceux-là donc entendirent bien celui-ci,

ἠδὲ ἐπίθοντο.   et ils obéirent.

Ἐφοπλίσαντες δὲ ἄρα   Ayant donc préparé

δόρπον ἐσσυμένως,   le repas activement,

δαίνυντο ἕκαστοι,   ils prirent-leur-part chacun,

οὐδὲ θυμὸς ἐδεύετό τι   et *leur* cœur ne désira rien

δαιτὸς ἐΐσης.   d'une portion égale.

Αὐτὰρ ἐπεὶ ἔξεντο ἔρον   Or lorsque ils eurent chassé le désir

πόσιος καὶ ἐδητύος,   de la boisson et du manger,

οἱ μὲν ἔβαν κακκείοντες   ceux-ci allèrent devant se coucher

ἕκαστος κλισίηνδε.   chacun dans-sa-tente.

   Πηλείδης δὲ κεῖτο,   Mais le fils-de-Pélée gisait,

στενάχων βαρὺ,   gémissant gravement,

ἐπὶ θινὶ θαλάσσης   sur le rivage de la mer

πολυφλοίσβοιο,   beaucoup-retentissante,

μετὰ Μυρμιδόνεσσι πολέσιν,   parmi les Myrmidons nombreux,

ἐν καθαρῷ,   dans un *lieu* pur,

ὅθι κύματα ἐπεκλύζεσκον ἠιόνος·   où les flots baignaient le rivage;

εὖτε ὕπνος νήδυμος   lorsque un sommeil doux

ἀμφιχυθεὶς   s'étant répandu-autour

ἔμαρπτε τόν,   s'empara de lui,

λύων μελεδήματα θυμοῦ·   déliant les chagrins de *son* cœur;

1.

νήδυμος ἀμφιχυθείς· μάλα γὰρ κάμε φαίδιμα γυῖα
Ἕκτορ' ἐπαΐσσων προτὶ Ἴλιον ἠνεμόεσσαν.
ἦλθε δ' ἐπὶ ψυχὴ Πατροκλῆος δειλοῖο,   65
πάντ' αὐτῷ, μέγεθός τε καὶ ὄμματα κάλ', εἰκυῖα,
καὶ φωνήν, καὶ τοῖα περὶ χροΐ εἵματα ἕστο·
στῆ δ' ἄρ' ὑπὲρ κεφαλῆς, καί μιν πρὸς μῦθον ἔειπεν·

« Εὕδεις, αὐτὰρ ἐμεῖο λελασμένος ἔπλευ, Ἀχιλλεῦ [1];
οὐ μέν μευ ζώοντος ἀκήδεις, ἀλλὰ θανόντος·   70
θάπτε με ὅττι τάχιστα, πύλας Ἀΐδαο περήσω.
Τῆλέ με εἴργουσι ψυχαί, εἴδωλα καμόντων,
οὐδέ μέ πω μίσγεσθαι ὑπὲρ ποταμοῖο ἐῶσιν·
ἀλλ' αὕτως ἀλάλημαι ἀν' εὐρυπυλὲς Ἄϊδος δῶ [2].
Καί μοι δὸς τὴν χεῖρ', ὀλοφύρομαι· οὐ γὰρ ἔτ' αὖτις   75
νίσομαι ἐξ Ἀΐδαο, ἐπήν με πυρὸς λελάχητε.
Οὐ μὲν γὰρ ζωοί γε φίλων ἀπάνευθεν ἑταίρων
βουλὰς ἑζόμενοι βουλεύσομεν· ἀλλ' ἐμὲ μὲν Κὴρ
ἀμφέχανε στυγερή, ἥπερ λάχε γεινόμενόν περ·

ses beaux membres de fatigue, en poursuivant Hector autour d'Ilion battue des vents. Alors l'âme du malheureux Patrocle lui apparut; c'était sa taille, son beau regard, sa parole, ses vêtements. Il se tint sur sa tête et lui dit:

« Tu dors et tu m'oublies, Achille! Moi ton ami quand je vivais, tu me négliges maintenant que je suis mort. Donne-moi au plutôt la sépulture, afin que je franchisse les portes des enfers; car les âmes, ombres des morts, me repoussent et m'empêchent de me mêler à elles pour traverser le fleuve. C'est ainsi que j'erre devant les vastes portes de la demeure de Pluton. Donne-moi la main, je t'en supplie; je ne sortirai plus des enfers une fois que tu m'auras admis aux honneurs du bûcher. Nous n'irons plus, tous les deux vivants, tenir conseil à l'écart loin de nos compagnons. J'ai succombé au funeste

κάμε γὰρ μάλα | car il fatigua beaucoup
γυῖα φαίδιμα, | ses membres brillants,
ἐπαΐσσων Ἕκτορα | poursuivant Hector
προτὶ Ἴλιον ἠνεμόεσσαν. | vers Ilion exposée-aux-vents.
Ἐπῆλθε δὲ ψυχὴ | Alors survint l'âme
Πατροκλῆος δειλοῖο, | de Patrocle malheureux,
εἰκυῖα αὐτῷ πάντα, | ressemblant à lui en-tout,
μέγεθός τε καὶ ὄμματα καλὰ, | et par la taille et par les yeux beaux,
καὶ φωνὴν, καὶ εἵματα, | et par la voix et par les vêtements,
τοῖα ἕστο | tels que elle les avait revêtus
περὶ χροΐ· | autour de sa chair :
στῆ δὲ ἄρα ὑπὲρ κεφαλῆς, | et elle se tint certes sur sa tête,
καὶ προσέειπέ μιν μῦθον· | et dit à lui ce discours :
« Εὕδεις, Ἀχιλλεῦ, | « Tu dors, Achille,
αὐτὰρ ἔπλευ λελασμένος ἐμεῖο; | et tu étais ayant oublié moi ?
Οὐκ ἀκήδεις μὲν | Tu ne négliges pas à la vérité
μεῦ ζώοντος, | moi vivant,
ἀλλὰ θανόντος· | mais tu négliges moi étant mort :
θάπτε με ὅττι τάχιστα, | ensevelis-moi le plus tôt possible,
περήσω πύλας Ἀΐδαο. | que j'aie traversé les portes de Pluton.
Ψυχαὶ, εἴδωλα καμόντων, | Les âmes, images de ceux ayant souf-
εἴργουσί με τῆλε, | repoussent moi loin, [fert (des morts),
οὐδὲ ἐῶσί πώ με | et elles ne permettent nullement moi
μίσγεσθαι ὑπὲρ ποταμοῖο· | de me mêler (à elles) sur le fleuve,
ἀλλὰ ἀλάλημαι αὔτως | mais j'erre au hasard,
ἀνὰ δῶ Ἄϊδος | autour de la demeure de Pluton
εὐρυπυλές. | demeure aux-larges-portes.
Καὶ δός μοι τὴν χεῖρα, | Et aie donné à moi la main,
ὀλοφύρομαι· | je l'en conjure-avec-larmes ;
οὐ γὰρ νίσομαι ἔτι αὖτις | car je ne viendrai plus désormais
ἐξ Ἀΐδαο, | de chez Pluton,
ἐπὴν λελάχητέ | après que vous aurez-fait-participer
με πυρός. | moi aux honneurs du feu.
Οὐ μὲν γὰρ ζωοί γε | Car certes vivants du moins
βουλεύσομεν βουλὰς, | nous ne délibérerons pas de conseils,
ἑζόμενοι ἀπάνευθεν | nous asseyant à-l'écart
ἑταίρων φίλων· | de nos compagnons chéris ;
ἀλλὰ μὲν Κὴρ στυγερὴ | mais le Destin odieux
ἥπερ λάχε γεινόμενόν περ, | lequel échut à moi naissant,
ἀμφέχανεν ἐμέ· | dévora moi ;

καὶ δὲ σοὶ αὐτῷ μοῖρα, θεοῖς ἐπιείκελ' Ἀχιλλεῦ,   80
τείχει ὕπο Τρώων εὐηγενέων ἀπολέσθαι.
Ἄλλο δέ τοι ἐρέω καὶ ἐφήσομαι, αἴ κε πίθηαι.
Μὴ ἐμὰ σῶν ἀπάνευθε τιθήμεναι ὀστέ', Ἀχιλλεῦ·
ἀλλ' ὁμοῦ, ὡς ἐτράφημεν ἐν ὑμετέροισι δόμοισιν,
εὖτέ με τυτθὸν ἐόντα Μενοίτιος ἐξ Ὀπόεντος   85
ἤγαγεν ὑμέτερόνδ', ἀνδροκτασίης ὕπο λυγρῆς,
ἤματι τῷ ὅτε παῖδα κατέκτανον Ἀμφιδάμαντος[1],
νήπιος, οὐκ ἐθέλων, ἀμφ' ἀστραγάλοισι χολωθείς·
ἔνθα με δεξάμενος ἐν δώμασιν ἱππότα Πηλεὺς,
ἔτραφέ τ' ἐνδυκέως καὶ σὸν θεράποντ' ὀνόμηνεν·   90
ὡς δὲ καὶ ὀστέα νῶϊν ὁμὴ σορὸς ἀμφικαλύπτοι,
χρύσεος ἀμφιφορεὺς, τόν τοι πόρε πότνια μήτηρ. »
    Τὸν δ' ἀπαμειβόμενος προσέφη πόδας ὠκὺς Ἀχιλλεύς·
« Τίπτε μοι, ἠθείη κεφαλὴ, δεῦρ' εἰλήλουθας[2],
καί μοι ταῦτα ἕκαστ' ἐπιτέλλεαι; αὐτὰρ ἐγώ τοι   95
πάντα μάλ' ἐκτελέω, καὶ πείσομαι, ὡς σὺ κελεύεις.
Ἀλλά μοι ἆσσον στῆθι· μίνυνθά περ ἀμφιβαλόντε

Destin qui a présidé à ma naissance. Achille, égal aux dieux, ta
destinée est aussi de périr sous les murs des nobles Troyens. Mais
j'ai encore une prière à t'adresser ; écoute : ne sépare pas mes os des
tiens, Achille. Mais puisque nous fûmes élevés ensemble dans le pa-
lais de ton père, où Ménétius me conduisit enfant, pour me dérober
au châtiment des meurtriers, le jour que, dans Oponte, en jouant
aux osselets, je me mis en colère et tuai innocemment et sans le vou-
loir le fils d'Amphidamas ; puisque Pélée, habile à manier les coursiers, me reçut alors chez lui, m'éleva soigneusement, et voulut
m'attacher à sa personne, fais que nos ossements reposent ensemble à
la même place, dans l'urne d'or que t'a donnée ta mère respectable. »
    Achille aux pieds rapides lui répondit : « Pourquoi donc, ô tête si
chère, viens-tu me donner une à une toutes ces instructions ? Je veux
m'y conformer religieusement, et faire tout ce que tu me demandes.

μοῖρα δὲ καὶ σοὶ αὐτῷ, | et la destinée *est* aussi à toi même,
Ἀχιλλεῦ ἐπιείκελε θεοῖς, | Achille égal aux dieux,
ἀπολέσθαι ὑπὸ τείχει | de périr sous le mur
Τρώων εὐηγενέων. | des Troyens bien-nés.
Ἐρέω δὲ καὶ ἐφήσομαι | Mais je dirai et commanderai
ἄλλο τοι, | autre-chose à toi,
αἴ κε πίθηαι. | si tu veux-obéir.
Μὴ τιθήμεναι ἐμὰ ὀστέα | Ne place point mes os
ἀπάνευθε σῶν, Ἀχιλλεῦ· | loin des tiens, Achille :
ἀλλὰ ὁμοῦ, | mais ensemble,
ὡς ἐτράφημεν | comme nous fûmes nourris
ἐν ὑμετέροισι δόμοισιν, | dans vos demeures,
εὖτε Μενοίτιος ἤγαγεν | lorsque Ménétius conduisit
ἐξ Ὀπόεντός ὑμέτερόνδε | *de la ville*-d'Oponte chez-vous
με ἐόντα τυτθὸν, | moi étant tout-petit,
ὑπὸ ἀνδροκτασίης λυγρῆς, | à cause d'un meurtre déplorable,
τῷ ἤματι ὅτε κατέκτανον | le jour lorsque je tuai
παῖδα Ἀμφιδάμαντος, | le fils d'Amphidamas,
νήπιος, οὐκ ἐθέλων, | imprudent, ne *le* voulant pas,
χολωθεὶς ἀμφὶ ἀστραγάλοισιν· | m'étant irrité au sujet d'osselets
ἔνθα Πηλεὺς ἱππότα, | alors Pélée cavalier,
δεξάμενός με ἐν δώμασιν, | ayant reçu moi dans *ses* demeures,
ἔτραφέ τε ἐνδυκέως | et *me* nourrit soigneusement
καὶ ὀνόμηνε σὸν θεράποντα· | et *me* nomma son serviteur ;
σορὸς δὲ, ἀμφιφορεὺς χρύσεος, | mais que une urne, amphore d'or,
τὸν μήτηρ πότνια πόρε τοι, | que *ta* mère vénérable donna à toi,
ἀμφικαλύπτοι ὣς ὁμὴ | contienne-enfermés ainsi ensemble
καὶ ὀστέα νῶϊν. » | aussi les os de nous-deux. »
Ἀχιλλεὺς δὲ ὠκὺς πόδας | Or Achille rapide *quant* aux pieds
ἀπαμειβόμενος προσέφη τόν· | répondant dit-à lui :
« Τίπτε, κεφαλὴ ἠθείη, | « Pourquoi, tête chérie,
εἰλήλουθάς μοι δεῦρο, | es-tu venue à moi ici,
καὶ ἐπιτέλλεαί μοι | et recommandes-tu à moi
ταῦτα ἕκαστα ; | ces-choses une-à-une ?
Αὐτὰρ ἐγὼ ἐκτελέω τοι | Mais moi j'accomplirai pour toi
μάλα πάντα, | certes toutes-choses,
καὶ πείσομαι ὡς σὺ κελεύεις. | et j'obéirai comme tu *l'*exiges.
Ἀλλὰ στῆθι ἆσσόν μοι· | Mais tiens-toi plus près de moi ;
τεταρπώμεσθα | que nous nous soyons rassasiés
γόοιο ὀλοοῖο, | de gémissement lugubre,

ἀλλήλους, ὀλοοῖο τεταρπώμεσθα γόοιο. »

Ὣς ἄρα φωνήσας, ὠρέξατο χερσὶ φίλῃσιν,
οὐδ' ἔλαβε· ψυχὴ δὲ κατὰ χθονὸς, ἠΰτε καπνὸς,　　　　　　100
ᾤχετο τετριγυῖα· ταφὼν δ' ἀνόρουσεν Ἀχιλλεὺς,
χερσί τε συμπλατάγησεν, ἔπος δ' ὀλοφυδνὸν ἔειπεν·

« Ὢ πόποι, ἦ ῥά τίς ἐστι καὶ εἰν Ἀΐδαο δόμοισι
ψυχὴ καὶ εἴδωλον· ἀτὰρ φρένες οὐκ ἔνι πάμπαν.
Παννυχίη γάρ μοι Πατροκλῆος δειλοῖο　　　　　　105
ψυχὴ ἐφεστήκει γοόωσά τε μυρομένη τε,
καί μοι ἕκαστ' ἐπέτελλεν· εἴκτο δὲ θέσκελον αὐτῷ. »

Ὣς φάτο· τοῖσι δὲ πᾶσιν ὑφ' ἵμερον ὦρσε γόοιο·
μυρομένοισι δὲ τοῖσι φάνη ῥοδοδάκτυλος Ἠὼς
ἀμφὶ νέκυν, ἐλεεινόν. Ἀτὰρ κρείων Ἀγαμέμνων　　　　　　110
οὐρῆάς τ' ὤτρυνε καὶ ἀνέρας, ἀξέμεν ὕλην,
πάντοθεν ἐκ κλισιῶν· ἐπὶ δ' ἀνὴρ ἐσθλὸς ὀρώρει,
Μηριόνης, θεράπων ἀγαπήνορος Ἰδομενῆος.
Οἱ δ' ἴσαν, ὑλοτόμους πελέκεας ἐν χερσὶν ἔχοντες,
σειράς τ' εὐπλέκτους· πρὸ δ' ἄρ' οὐρῆες κίον αὐτῶν·　　　　　　115

Mais approche, et pleurons un peu à loisir dans les bras l'un de l'autre. »

A ces mots, il tend vers lui les mains, et ne l'atteint pas. Son âme disparut en sifflant sous terre, comme une légère vapeur. Achille, étonné, se lève, et frappant des mains, en signe de douleur, il s'écrie :

« Grands dieux ! il est donc vrai que notre âme, que notre image seulement habite aux enfers, quand nous avons perdu la vie ! Toute la nuit, l'âme du malheureux Patrocle m'est apparue, plaintive et lamentable, et m'a dicté ses volontés : c'était absolument son image. »

Il dit, et tous les siens de gémir. L'aurore aux doigts de rose les trouve encore pleurant sur le corps du malheureux Patrocle. Alors le roi Agamemnon fait avancer de toutes les tentes hommes et mulets pour transporter du bois. Ils étaient conduits par le vaillant Mérion, serviteur du vertueux Idoménée. Ils marchaient munis de haches tranchantes et de cordes solides ; les mulets cheminaient en avant,

ἀμφιβαλόντε ἀλλήλους
μίνυνθά περ. »
  Φωνήσας ἄρα ὥς,
ὠρέξατο φίλῃσι χερσὶν,
οὐδὲ ἔλαβε·
ψυχὴ δὲ ὤχετο τετριγυῖα
κατὰ χθονὸς ἠΰτε καπνός·
Ἀχιλλεὺς δὲ ἀνόρουσε ταφὼν,
συμπλατάγησέ τε χερσὶν,
ἔειπε δὲ ἔπος ὀλοφυδνόν·
  « Ὦ πόποι, ἦ ῥά
τίς ἐστι ψυχὴ καὶ εἴδωλον
καὶ εἰν δόμοισιν Ἀΐδαο·
ἀτὰρ φρένες
οὐκ ἔνι πάμπαν.
Ψυχὴ γὰρ Πατροκλῆος δειλοῖο
ἐφεστήκει μοι παννυχίη
γοόωσά τε μυρομένη τε,
καὶ ἐπέτελλέ μοι ἕκαστα·
εἶκτο δὲ
θέσκελον αὐτῷ. »
  Φάτο ὥς·
ὑπῶρσε δὲ τοῖσι πᾶσιν
ἵμερον γόοιο·
Ἠὼς δὲ ῥοδοδάκτυλος
φάνη τοῖσι
μυρομένοισιν ἀμφὶ νέκυν
ἐλεεινόν.
Ἀτὰρ Ἀγαμέμνων κρείων
ὤτρυνεν οὐρῆάς τε καὶ ἀνέρας
ἀξέμεν ὕλην
πάντοθεν ἐκ κλισιῶν·
ἐπορώρει δὲ ἀνὴρ ἐσθλὸς,
Μηριόνης, θεράπων Ἰδομενῆος
ἀγαπήνορος.
Οἱ δὲ ἴσαν ἔχοντες ἐν χερσὶ
πελέκεας ὑλοτόμους,
σειράς τε εὐπλέκτους·
οὐρῆες δὲ ἄρα
κίον πρὸ αὐτῶν·

ayant jeté-*nos-bras*-autour l'un-de-
quoique pour-peu-de-temps. » [l'autre,
  Ayant parlé donc ainsi,
il voulut-*l'*atteindre de ses mains,
et il ne *le* prit point ;
mais l'âme s'en alla sifflante
sous la terre comme une fumée ;
et Achille se leva stupéfait,
et frappa-avec-bruit des mains,
et dit *cette* parole lugubre :
  « O dieux, oui certes
on est âme et image
même dans les demeures de Pluton ;
mais les esprits (*la force vitale*)
n'y-*sont* pas du tout.
Car l'âme de Patrocle malheureux
s'était tenue-sur moi toute-la-nuit
et gémissant et se lamentant,
et recommandait à moi chaque-chose;
or elle ressemblait
merveilleusement à lui. »
  Il dit ainsi ;
et il souleva à eux tous
le désir du gémissement :
or l'Aurore aux-doigts-de-rose
apparut à eux
se lamentant autour du cadavre
d'une-manière-pitoyable.
Mais Agamemnon souverain
excita et mulets et hommes
à devoir apporter du bois
de tous côtés des tentes ;
alors s'élança un homme vaillant,
Mérion, serviteur d'Idoménée
aimant-la-bravoure.
Et eux allèrent ayant en mains
des haches coupant-le-bois,
et des cordes bien tressées ;
or les bêtes-de-somme donc
allaient devant eux ;

πολλὰ δ' ἄναντα, κάταντα, πάραντά τε, δόχμιά τ' ἦλθον.
Ἀλλ' ὅτε δὴ κνημοὺς προσέβαν πολυπίδακος Ἴδης,
αὐτίκ' ἄρα δρῦς ὑψικόμους ταναήκεϊ χαλκῷ
τάμνον ἐπειγόμενοι· ταὶ δὲ μεγάλα κτυπέουσαι
πῖπτον· τὰς μὲν ἔπειτα διαπλήσσοντες Ἀχαιοὶ   120
ἔκδεον ἡμιόνων· ταὶ δὲ χθόνα ποσσὶ δατεῦντο,
ἐλδόμεναι πεδίοιο, διὰ ῥωπήϊα πυκνά.
Πάντες δ' ὑλοτόμοι φιτροὺς φέρον· ὡς γὰρ ἀνώγει
Μηριόνης, θεράπων ἀγαπήνορος Ἰδομενῆος.
Κὰδ δ' ἄρ' ἐπ' ἀκτῆς βάλλον ἐπισχερώ, ἔνθ' ἄρ' Ἀχιλλεὺς   125
φράσσατο Πατρόκλῳ μέγα ἠρίον, ἠδέ οἱ αὐτῷ.
    Αὐτὰρ ἐπεὶ πάντη παρακάββαλον ἄσπετον ὕλην,
εἵατ' ἄρ' αὖθι μένοντες ἀολλέες. Αὐτὰρ Ἀχιλλεὺς
αὐτίκα Μυρμιδόνεσσι φιλοπτολέμοισι κέλευσε
χαλκὸν ζώννυσθαι, ζεῦξαι δ' ὑπ' ὄχεσφιν ἕκαστον   130
ἵππους· οἱ δ' ὤρνυντο, καὶ ἐν τεύχεσσιν ἔδυνον.
Ἂν δ' ἔβαν ἐν δίφροισι παραιβάται ἡνίοχοί τε·

par des sentiers escarpés, rapides, tortueux ou détournés. Une fois qu'on est parvenu sur les hauteurs de l'Ida, d'où jaillissent des sources nombreuses, on coupe en diligence les chênes aux cimes élevées, avec le fer au large tranchant. Les arbres tombent avec fracas. Les Grecs les fendent et les chargent sur les mulets, qui, impatients de gagner la plaine, mesurent avec leurs pieds un terrain hérissé de broussailles. Tous les travailleurs portent les troncs d'arbres, ainsi que l'ordonne Mérion, serviteur du vertueux Idoménée; puis ils déposent le bois sur le rivage, à l'endroit qu'Achille a désigné pour y élever un grand monument à Patrocle et à lui-même.

    Quand ils eurent entassé une immense quantité de matériaux, les guerriers se rassemblèrent et s'assirent en paix. Alors Achille ordonne aussitôt à ses belliqueux Myrmidons de ceindre le fer, et d'atteler les chevaux à leurs chars. Ils se hâtent d'obéir et de revêtir leurs armes, et combattants et cochers montent sur leurs chars. Ils s'avancent les

ἦλθον δὲ πολλὰ	et ils allèrent par beaucoup
ἄναντα, κάταντα,	de chemins montants, descendants,
πάραντά τε δόχμιά τε.	et obliques et transversaux.
Ἀλλὰ ὅτε δὴ	Mais lorsque certes
προσέβαν κνημοὺς	ils arrivèrent aux hauteurs
Ἴδης πολυπίδακος,	de l'Ida aux-nombreuses-sources,
τάμνον αὐτίκα ἐπειγόμενοι ἄρα	ils coupèrent aussitôt se hâtant certes
δρῦς ὑψικόμους	des chênes à-haute-chevelure
χαλκῷ ταναήκεϊ·	avec l'airain au-large-tranchant ;
ταὶ δὲ πῖπτον	et ceux-ci tombaient
κτυπέουσαι μεγάλα·	retentissant grandement ;
Ἀχαιοὶ ἔπειτα	les Achéens ensuite
διαπλήσσοντες τὰς μὲν	fendant ceux-ci
ἔκδεον ἡμιόνων·	les liaient aux mulets ;
ταὶ δὲ ἐλδόμεναι πεδίοιο	et eux aspirant à la plaine
δατεῦντο χθόνα ποσσὶ	mesuraient la terre avec-les-pieds
διὰ ῥωπήϊα πυκνά.	à travers les broussailles épaisses.
Πάντες δὲ ὑλοτόμοι	Et tous ceux-coupant-le-bois
φέρον φιτροὺς·	portaient des troncs ;
ἀνώγει γὰρ ὣς Μηριόνης,	car l'ordonnait ainsi Mérion,
θεράπων Ἰδομενῆος	serviteur d'Idoménée
ἀγαπήνορος.	aimant-la-bravoure.
Κατέβαλλον δὲ ἄρα	Et ils les jetaient certes
ἐπισχερὼ ἐπὶ ἀκτῆς,	par-ordre sur le rivage,
ἔνθα ἄρα Ἀχιλλεὺς φράσσατο	où certes Achille désigna
ἠρίον μέγα	un tombeau grand
Πατρόκλῳ ἠδέ οἱ αὐτῷ.	à Patrocle et à lui même.
Αὐτὰρ ἐπεὶ παρακάββαλον	Mais lorsque ils eurent amassé
πάντῃ ὕλην ἄσπετον,	de tous côtés un bois immense,
εἵατο ἄρα ἀολλέες	ils s'assirent certes nombreux
μένοντες αὖθι.	restant là-même.
Αὐτὰρ Ἀχιλλεὺς κέλευσεν αὐτίκα	Alors Achille ordonna aussitôt
Μυρμιδόνεσσι φιλοπτολέμοισι	aux Myrmidons aimant-la-guerre
ζώννυσθαι χαλκόν,	de ceindre l'airain,
ἕκαστον δὲ ζεῦξαι	et chacun d'avoir attelé
ἵππους ὑπὸ ὄχεσφιν·	ses chevaux aux chars ;
οἱ δὲ ὤρνυντο,	eux alors s'élancèrent,
καὶ ἔδυνον ἐν τεύχεσσι.	et se revêtirent de leurs armes.
Παραιβάται δὲ ἡνίοχοί τε	Et combattants et conducteurs [ces ;
ἄνεβαν ἐν δίφροισιν·	montèrent dans les chars-à-deux-pla-

πρόσθε μὲν ἱππῆες, μετὰ δὲ νέφος εἵπετο πεζῶν,
μυρίοι· ἐν δὲ μέσοισι φέρον Πάτροκλον ἑταῖροι.
Θριξὶ δὲ πάντα νέκυν κατασείνυον, ἃς ἐπέβαλλον   135
κειρόμενοι· ὄπιθεν δὲ κάρη ἔχε δῖος Ἀχιλλεύς,
ἀχνύμενος· ἕταρον γὰρ ἀμύμονα πέμπ' Ἀϊδόσδε.

Οἱ δ' ὅτε χῶρον ἵκανον, ὅθι σφίσι πέφραδ' Ἀχιλλεύς,
κάτθεσαν, αἶψα δέ οἱ μενοεικέα νήεον ὕλην.
Ἔνθ' αὖτ' ἄλλ' ἐνόησε ποδάρκης δῖος Ἀχιλλεύς·   140
στὰς ἀπάνευθε πυρῆς, ξανθὴν ἀπεκείρατο χαίτην[1],
τήν ῥα Σπερχειῷ ποταμῷ τρέφε τηλεθόωσαν·
ὀχθήσας δ' ἄρα εἶπεν, ἰδὼν ἐπὶ οἴνοπα πόντον·

« Σπερχεῖ', ἄλλως σοίγε πατὴρ ἠρήσατο Πηλεύς,
κεῖσέ με νοστήσαντα φίλην ἐς πατρίδα γαῖαν,   145
σοί τε κόμην κερέειν, ῥέξειν θ' ἱερὴν ἑκατόμβην·
πεντήκοντα δ' ἔνορχα παρ' αὐτόθι μῆλ' ἱερεύσειν
ἐς πηγάς, ὅθι τοι τέμενος βωμός τε θυήεις.

premiers, et sont suivis d'une nuée innombrable de fantassins. Au milieu des rangs, Patrocle était porté par ses compagnons d'armes. Tout son corps était couvert de leurs chevelures dont ils lui faisaient hommage. Le divin Achille lui soutenait la tête par derrière, accablé de douleur; il conduisait son valeureux ami aux enfers.

Lorsqu'on est arrivé au lieu désigné par Achille, on dépose le corps de Patrocle, et on lui élève aussitôt un vaste bûcher. Alors le divin Achille aux pieds robustes, s'éloigna du bûcher dans une autre intention, et coupa sa blonde chevelure, qu'il avait entretenue et laissée croître, pour l'offrir au fleuve Sperchius; puis il dit en gémissant, et les yeux fixés sur les sombres flots :

« Sperchius, c'est en vain que Pélée, mon père, te promit qu'à mon retour dans ma chère patrie, je te dédierais ma chevelure, et t'offrirais une hécatombe sacrée; en vain il fit vœu de te sacrifier cinquante béliers, près de ta source, aux lieux où se trouvent ton champ consacré et ton autel qu'on encense! Telle était l'intention du

ἱππῆες μὲν πρόσθε,	les cavaliers d'un côté en avant,
νέφος δὲ πεζῶν	un nuage de fantassins d'un autre côté
μεθείπετο μυρίον·	suivaient-par-derrière innombrables;
ἑταῖροι δὲ φέρον	et ses compagnons portaient
Πάτροκλον ἐν μέσοισι.	Patrocle au milieu-d'eux
Κατάεινυον δὲ	Et ils couvraient
νέκυν πάντα θριξὶν,	le cadavre entier de cheveux,
ἅς ᾽κειρόμενοι ἐπέβαλλον·	lesquels coupant ils jetaient-dessus;
Ἀχιλλεὺς δὲ δῖος ἀχνύμενος	et Achille divin étant affligé
ἔχε κάρη ὄπιθεν·	tenait sa tête par-derrière;
πέμπε γὰρ Ἀϊδόσδε	car il accompagnait aux enfers
ἕταρον ἀμύμονα.	son compagnon irréprochable.
Ὅτε δὲ οἱ ἵκανον χῶρον,	Mais quand eux vinrent à l'endroit
ὅθι Ἀχιλλεὺς πέφραδε σφίσι,	où Achille désigna à eux,
κάτθεσαν,	ils le déposèrent,
νήεον δὲ αἶψα	et ils entassèrent aussitôt
ὕλην μενοεικέα οἱ.	du bois en-abondance à lui.
Ἔνθα αὖτε Ἀχιλλεὺς δῖος	Alors aussi Achille divin
ποδάρκης	aux-pieds-robustes
ἐνόησεν ἄλλο·	s'avisa d'autre-chose;
στὰς ἀπάνευθε πυρῆς,	s'étant tenu-debout loin du bûcher,
ἀπεκείρατο χαίτην ξανθήν,	il se rasa la chevelure blonde,
τήν ῥα	laquelle certes
τρέφε τηλεθόωσαν	il nourrissait florissante
ποταμῷ Σπερχειῷ·	pour le fleuve Sperchius;
ὀχθήσας δὲ ἄρα εἶπεν,	et certes s'étant indigné il dit,
ἰδὼν ἐπὶ πόντον	ayant regardé vers la mer
οἴνοπα·	à-la-couleur-de-vin :
« Πηλεὺς πατὴρ, Σπερχεῖε,	« Pélée mon père, Sperchius,
ἠρήσατο σοίγε ἄλλως	fit-vœu à toi du moins en vain
με νοστήσαντα κεῖσε	moi étant revenu là-bas
ἐς γαῖαν φίλην πατρίδα,	dans la terre chère de-la-patrie,
κερέειν τε κόμην σοι,	et devoir raser ma chevelure pour toi,
ῥέξειν τε	et devoir immoler
ἑκατόμβην ἱερήν·	une hécatombe sacrée;
ἱερεύσειν δὲ παρὰ	et devoir sacrifier en outre
πεντήκοντα μῆλα ἔνορχα	cinquante moutons mâles
αὐτόθι ἐς πηγὰς,	là-même aux sources,
ὅθι τέμενός τοι	où une enceinte-consacrée est à toi
βωμός τε θυήεις.	et un autel couvert-d'encens.

Ὣς ἠρᾶθ’ ὁ γέρων, σὺ δέ οἱ νόον οὐκ ἐτέλεσσας.
Νῦν δ’ ἐπεὶ οὐ νέομαί γε φίλην ἐς πατρίδα γαῖαν,   150
Πατρόκλῳ ἥρωϊ κόμην ὀπάσαιμι φέρεσθαι. »

Ὣς εἰπών, ἐν χεροὶ κόμην ἑτάροιο φίλοιο
θῆκεν· τοῖσι δὲ πᾶσιν ὑφ’ ἵμερον ὦρσε γόοιο.
Καὶ νύ κ’ ὀδυρομένοισιν ἔδυ φάος ἠελίοιο,
εἰ μὴ Ἀχιλλεὺς αἶψ’ Ἀγαμέμνονι εἶπε παραστάς·   155

« Ἀτρείδη (σοὶ γάρ τε μάλιστά γε λαὸς Ἀχαιῶν
πείσονται μύθοισι), γόοιο μὲν ἔστι καὶ ἆσαι·
νῦν δ’ ἀπὸ πυρκαῆς σκέδασον, καὶ δεῖπνον ἄνωχθι
ὅπλεσθαι· τάδε δ’ ἀμφιπονησόμεθ’, οἷσι μάλιστα
κήδεός ἐστι νέκυς· παρὰ δ’ οἱ ταγοὶ ἄμμι μενόντων. »   160

Αὐτὰρ ἐπεὶ τόγ’ ἄκουσεν ἄναξ ἀνδρῶν Ἀγαμέμνων,
αὐτίκα λαὸν μὲν σκέδασεν κατὰ νῆας ἐΐσας·
κηδεμόνες δὲ παρ’ αὖθι μένον, καὶ νήεον ὕλην·
ποίησαν δὲ πυρὴν ἑκατόμπεδον ἔνθα καὶ ἔνθα,

vieillard; mais tu n’as pas exaucé ses vœux. Puisqu’à présent je n’espère plus revoir ma patrie aimée, je veux dédier ma chevelure au vaillant Patrocle. »

A ces mots, il mit sa chevelure dans les mains de son cher compagnon; et tous les Grecs de gémir. Ils auraient ainsi pleuré jusqu’au coucher du soleil, si Achille n’eût dit aussitôt, en s’approchant d’Agamemnon :

« Fils d’Atrée, qui commandes aux Grecs en souverain, il est temps de mettre un terme à nos larmes; ordonne qu’on s’éloigne du bûcher, et qu’on prépare le repas. C’est à nous de rendre aux restes de Patrocle les honneurs qui lui sont dus; que les chefs restent donc avec nous. »

A ces mots, Agamemnon, prince des hommes, disperse la foule, qui se dirige vers les vaisseaux d’égale grandeur. Ceux qui sont chargés des funérailles restent autour de lui, entassent le bois, et construisent un bûcher de cent pieds carrés, sur le faîte duquel,

Ὁ γέρων ἠρᾶτο ὥς,	Le vieillard fit-vœu ainsi ,
σὺ δὲ οὐκ ἐτέλεσσας	et toi, tu n'accomplis pas
νόον οἱ.	l'intention à lui.
Νῦν δὲ ἐπεὶ	Mais maintenant puisque
οὐ νέομαί γε	je ne retournerai pas du moins
ἐς γαῖαν φίλην πατρίδα,	dans la terre chère de-la-patrie,
ὀπάσαιμι Πατρόκλῳ ἥρωϊ	j'aurai donné à Patrocle héros
κόμην φέρεσθαι. »	*ma* chevelure à emporter. »
Εἰπὼν ὥς,	Ayant dit ainsi,
θῆκε κόμην ἐν χερσὶν	il plaça *sa* chevelure dans les mains
ἑτάροιο φίλοιο·	de *son* compagnon chéri ;
ὕπωρσε δὲ τοῖσι πᾶσιν	et il souleva à eux tous
ἵμερον γόοιο.	le désir du gémissement.
Καὶ φάος ἠελίοιο	Et la lumière du soleil
ἔδυ κέ νυ ὀδυρομένοισιν,	se fût couchée donc à *eux* pleurant,
εἰ Ἀχιλλεὺς παραστὰς	si Achille s'étant approché
μὴ εἶπεν αἶψα Ἀγαμέμνονι·	n'eût dit aussitôt à Agamemnon :
« Ἀτρείδη	« Fils-d'Atrée
(λαὸς γὰρ Ἀχαιῶν γε	(car le peuple des Achéens certes
πείσονταί τε μάλιστα μύθοισί σοι),	obéira surtout aux paroles à toi),
ἔστι μὲν καὶ	il est-permis aussi *plus tard*
ἆσαι γόοιο·	de se rassasier de gémissement ;
νῦν δὲ	mais maintenant
ἀποσκέδασον πυρκαϊῆς,	disperse-*eux*-loin du bûcher,
καὶ ἄνωχθι ὅπλεσθαι δεῖπνον·	et donne-ordre de préparer le repas ;
ἀμφιπονησόμεθα δὲ τάδε,	nous nous occuperons-de-ces-choses,
οἷσι νέκυς	*nous* auxquels le mort
ἐστὶ μάλιστα κήδεος·	est surtout digne-de-soin ;
οἱ δὲ ταγοὶ	mais que les chefs
μενόντων παρὰ ἄμμιν. »	restent près de nous. »
Αὐτὰρ ἐπεὶ Ἀγαμέμνων,	Or lorsque Agamemnon,
ἄναξ ἀνδρῶν,	prince des hommes
ἄκουσε τόγε,	entendit cela,
σκέδασε μὲν αὐτίκα λαὸν	il dispersa sur-le-champ le peuple
κατὰ νῆας ἐΐσας·	vers les vaisseaux égaux ;
κηδεμόνες δὲ	et ceux-chargés-du-soin-*du cadavre*
παρέμενον αὖθι,	restaient là,
καὶ νήεον ὕλην·	et entassaient du bois;
ποίησαν δὲ πυρὴν	et ils firent un bûcher
ἑκατόμπεδον ἔνθα καὶ ἔνθα,	de-cent-pieds çà et là

ἐν δὲ πυρῇ ὑπάτῃ νεκρὸν θέσαν, ἀχνύμενοι κῆρ.   165
Πολλὰ δὲ ἴφια μῆλα καὶ εἰλίποδας ἕλικας βοῦς
πρόσθε πυρῆς ἔδερόν τε καὶ ἄμφεπον· ἐκ δ' ἄρα πάντων
δημὸν ἑλών, ἐκάλυψε νέκυν μεγάθυμος Ἀχιλλεὺς
ἐς πόδας ἐκ κεφαλῆς, περὶ δὲ δρατὰ σώματα νήει·
ἐν δ' ἐτίθει μέλιτος καὶ ἀλείφατος ἀμφιφορῆας,   170
πρὸς λέχεα κλίνων· πίσυρας δ' ἐριαύχενας ἵππους
ἐσσυμένως ἐνέβαλλε πυρῇ, μεγάλα στεναχίζων.
Ἐννέα τῷγε ἄνακτι τραπεζῆες κύνες ἦσαν·
καὶ μὲν τῶν ἐνέβαλλε πυρῇ δύο δειροτομήσας·
δώδεκα δὲ Τρώων μεγαθύμων υἱέας ἐσθλοὺς,   175
χαλκῷ δηϊόων· κακὰ δὲ φρεσὶ μήδετο ἔργα·
ἐν δὲ πυρὸς μένος ἧκε σιδήρεον, ὄφρα νέμοιτο
Ὤμωξέν τ' ἄρ' ἔπειτα, φίλον δ' ὀνόμηνεν ἑταῖρον·
« Χαῖρέ μοι, ὦ Πάτροκλε, καὶ εἰν Ἀίδαο δόμοισι·
πάντα γὰρ ἤδη τοι τελέω τὰ πάροιθεν ὑπέστην.   180

le cœur plein de tristesse, ils placent le cadavre. Ils dépouillent et préparent devant le bûcher un grand nombre de brebis grasses et de taureaux aux jambes arquées. Le magnanime Achille recueillant la graisse, en recouvre le corps de la tête aux pieds, et entasse tout autour les membres des victimes. Il verse sur le lit, où repose Patrocle, des amphores de miel et d'huile, et jette promptement sur le bûcher quatre chevaux à la forte encolure, toujours en poussant de profonds soupirs. Le héros avait neuf chiens, qu'il nourrissait des restes de sa table ; Achille en égorge deux, qu'il jette sur le bûcher. Puis immolant avec le fer les douze valeureux fils des magnanimes Troyens auxquels il réservait ce funeste sort, il livre le bûcher à l'action du feu, qui va tout dévorer. Il gémit, et s'adressant à son cher compagnon :

« Réjouis-toi, Patrocle, même dans les demeures de Pluton ; j'accomplis ici toutes les promesses que je t'ai faites. Voici douze vaillants

θέσαν δὲ νεκρὸν	et placèrent le cadavre
ἐν πυρῇ ὑπάτῃ,	sur le bûcher suprême (au sommet),
ἀχνύμενοι κῆρ.	étant affligés *dans* le cœur.
Ἔδερον δέ τε καὶ ἄμφεπον	Et ils écorchaient et soignaient
πρόσθε πυρῆς	devant le bûcher
μῆλα ἴφια πολλὰ	des moutons gras nombreux
καὶ βοῦς εἰλίποδας,	et des bœufs aux-jambes-tortues,
ἕλικας·	aux-cornes-recourbées;
ἐξελὼν δὲ ἄρα δημὸν παντων,	et ayant retiré la graisse de tous,
Ἀχιλλεὺς μεγάθυμος	Achille magnanime
ἐκάλυψε νέκυν	couvrit le cadavre
ἐκ κεφαλῆς ἐς πόδας	de la tête aux pieds,
περιενήει δὲ σώματα δρατά·	et amoncelait les corps écorchés;
ἐνετίθει δὲ ἀμφιφορῆας	et il plaçait-dessus des amphores
μέλιτος καὶ ἀλείφατος,	de miel et d'huile,
κλίνων πρὸς λέχεα·	*les* penchant sur le lit;
ἐνέβαλλε δὲ πυρῇ ἐσσυμένως	et il jetait-sur le bûcher activement
πίσυρας ἵππους ἐριαύχενας,	quatre chevaux au-col-élevé,
στεναχίζων μεγάλα.	gémissant grandement.
Ἐννέα κύνες τραπεζῆες	Neuf chiens compagnons-de-table
ἦσαν τῷγε ἄνακτι·	étaient à ce prince;
καὶ μὲν δειροτομήσας	et à la vérité ayant coupé-le-cou
δύο τῶν	à deux d'entre eux
ἐνέβαλλε πυρῇ·	il les jetait-sur le bûcher;
δηΐόων δὲ χαλκῷ	et traitant-en-ennemis avec-l'airain
δώδεκα υἱέας ἐσθλοὺς	douze fils vaillants
Τρώων μεγαθύμων·	des Troyens magnanimes;
μήδετο δὲ φρεσὶν	or il méditait *dans ses* esprits
ἔργα κακά·	des œuvres mauvaises;
ἕνηκε δὲ	il envoya-dessus alors
μένος σιδήρεον πυρὸς,	la fureur de-fer du feu,
ὄφρα νέμοιτο.	afin que elle se repût.
Ἔπειτά τε ἄρα ὤμωξεν,	Et ensuite certes il gémit,
ὀνόμηνε δὲ φίλον ἑταῖρον·	et nomma *son* cher compagnon:
« Χαῖρέ μοι,	« Réjouis-toi à moi,
ὦ Πάτροκλε,	ô Patrocle,
καὶ εἰν δόμοισιν Ἀΐδαο·	même dans les demeures de Pluton;
τελέω γὰρ ἤδη	car j'accomplis déjà
πάντα τὰ	toutes-les-choses lesquelles
ὑπέστην τοι πάροιθε.	je promis a toi auparavant.

Δώδεκα μὲν Τρώων μεγαθύμων υἱέας ἐσθλοὺς,
τοὺς ἅμα σοὶ πάντας πῦρ ἐσθίει· Ἕκτορα δ᾽ οὔτι
δώσω Πριαμίδην πυρὶ δαπτέμεν, ἀλλὰ κύνεσσιν. »

Ὣς φάτ᾽ ἀπειλήσας· τὸν δ᾽ οὐ κύνες ἀμφεπένοντο·
ἀλλὰ κύνας μὲν ἄλαλκε Διὸς θυγάτηρ Ἀφροδίτη   185
ἤματα καὶ νύκτας· ῥοδόεντι δὲ χρῖεν ἐλαίῳ,
ἀμβροσίῳ, ἵνα μή μιν ἀποδρύφοι ἑλκυστάζων.
Τῷ δ᾽ ἐπὶ κυάνεον νέφος ἤγαγε Φοῖβος Ἀπόλλων
οὐρανόθεν πεδίονδε, κάλυψε δὲ χῶρον ἅπαντα,
ὅσσον ἐπεῖχε νέκυς· μὴ πρὶν μένος ἠελίοιο   190
σκήλει᾽ ἀμφὶ περὶ χρόα ἴνεσιν ἠδὲ μέλεσσιν.

Οὐδὲ πυρὴ Πατρόκλου ἐκαίετο τεθνηῶτος.
Ἔνθ᾽ αὖτ᾽ ἄλλ᾽ ἐνόησε ποδάρκης δῖος Ἀχιλλεύς·
στὰς ἀπάνευθε πυρῆς, δοιοῖς ἠρᾶτ᾽ Ἀνέμοισι,
Βορέῃ καὶ Ζεφύρῳ, καὶ ὑπέσχετο ἱερὰ καλά·   195
πολλὰ δὲ καὶ σπένδων χρυσέῳ δέπαϊ, λιτάνευεν
ἐλθέμεν, ὄφρα τάχιστα πυρὶ φλεγεθοίατο νεκροὶ,

fils des Troyens magnanimes, que la flamme va dévorer en même temps que toi. Quant au fils de Priam, ce n'est pas au feu, mais aux chiens, que je veux le livrer. »

Telles sont ses menaces. Pourtant les chiens n'approchent pas du corps d'Hector. La fille de Jupiter, Vénus, les en tient éloignés jour et nuit ; elle l'avait parfumé d'huile de rose, à la divine senteur, afin qu'Achille ne le déchirât pas en le traînant à son char ; et Phébus Apollon enveloppa d'un sombre nuage, qui descendait du ciel jusque dans la plaine, la place occupée par son corps, afin que l'ardeur du soleil n'en desséchât pas les nerfs et les membres.

Le bûcher où se trouvait couché le corps de Patrocle ne s'enflammait pas. Alors le divin Achille aux pieds robustes eut recours à un autre moyen, et s'éloignant du bûcher, il implora les deux Vents, Zéphyre et Borée, et leur promit de riches sacrifices. Puis, faisant d'abondantes libations dans une coupe d'or, il les supplia de venir

Πῦρ ἐσθίει μὲν | Le feu dévore d'un côté
δώδεκα υἱέας ἐσθλοὺς | douze fils vaillants
Τρώων μεγαθύμων, | des Troyens magnanimes,
τοὺς πάντας ἅμα σοι· | eux tous avec toi ;
οὔτι δὲ δώσω | et je ne donnerai pas d'un autre côté
πυρὶ, ἀλλὰ κύνεσσι | au feu , mais aux chiens
δαπτέμεν Ἕκτορα Πριαμίδην. | à déchirer Hector fils-de-Priam. »
  Φάτο ἀπειλήσας ὥς· | Il parla ayant menacé ainsi :
κύνες δὲ | et les chiens
οὐκ ἀμφεπένοντο τόν· | ne s'occupaient-pas-autour de lui ;
ἀλλὰ Ἀφροδίτη μὲν θυγάτηρ Διὸς | mais Vénus d'un côté fille de Jupiter
ἄλαλκε κύνας | éloignait les chiens
ἤματα καὶ νύκτας· | les jours et les nuits ;
χρῖε δὲ ἐλαίῳ | et elle le parfumait d'huile
ῥοδόεντι, ἀμβροσίῳ, | de-rose, d'ambroisie,
ἵνα μὴ ἀποδρύφοι μιν | afin que il ne déchirât pas lui
ἑλκυστάζων. | en le traînant.
Φοῖβος δὲ Ἀπόλλων | Phébus Apollon d'un autre côté
ἐπήγαγε τῷ νέφος κυάνεον | amena-sur lui un nuage sombre
οὐρανόθεν πέδιόνδε, | du-haut-du-ciel dans-la-plaine,
κάλυψε δὲ χῶρον ἅπαντα, | et couvrit le lieu entier,
ὅσσον νέκυς ἐπεῖχε· | autant-que le cadavre occupait;
μὴ μένος ἠελίοιο | de peur que l'ardeur du soleil
περισκήλειε πρὶν | ne desséchât-complètement d'avance
χρόα ἀμφὶ | la chair autour
ἴνεσιν ἠδὲ μέλεσσιν. | avec les nerfs et les membres.
  Πυρὴ δὲ Πατρόκλου τεθνηῶτος | Et le bûcher de Patrocle mort
οὐκ ἐκαίετο. | ne brûlait pas.
Ἔνθα αὖτε Ἀχιλλεὺς δῖος | Alors de nouveau Achille divin
ποδάρκης | aux-pieds-robustes
ἐνόησεν ἄλλο· | imagina autre-chose :
στὰς ἀπάνευθε πυρῆς, | s'étant tenu-debout loin du bûcher,
ἠρᾶτο δοιοῖς Ἀνέμοισι, | il pria les deux Vents,
Βορέῃ καὶ Ζεφύρῳ, | Borée et Zéphyre,
καὶ ὑπέσχετο ἱερὰ καλά· | et leur promit des sacrifices beaux;
δέπαϊ δὲ καὶ χρυσέῳ | et même dans une coupe d'or
σπένδων πολλά, | faisant-des-libations nombreuses,
λιτάνευεν ἐλθέμεν, | il les suppliait d'être venus,
ὄφρα νεκροὶ τάχιστα | afin que les morts au plus tôt
φλεγεθοίατο πυρὶ , | fussent brûlés par le feu,

ὕλη τε σεύαιτο καήμεναι. Ὠκέα δ' Ἴρις,
ἀράων ἀΐουσα, μετάγγελος ἦλθ' Ἀνέμοισιν.
Οἱ μὲν ἄρα Ζεφύροιο δυσαέος ἀθρόοι ἔνδον   200
εἰλαπίνην δαίνυντο[1]· θέουσα δὲ Ἴρις ἐπέστη
βηλῷ ἔπι λιθέῳ. Τοὶ δ' ὡς ἴδον ὀφθαλμοῖσι,
πάντες ἀνήϊξαν, κάλεόν τέ μιν εἰς ἓ ἕκαστος·
ἡ δ' αὖθ' ἕζεσθαι μὲν ἀνήνατο, εἶπε δὲ μῦθον·

« Οὐχ ἕδος· εἶμι γὰρ αὖτις ἐπ' Ὠκεανοῖο ῥέεθρα,   205
Αἰθιόπων ἐς γαῖαν, ὅθι ῥέζουσ' ἑκατόμβας
ἀθανάτοις, ἵνα δὴ καὶ ἐγὼ μεταδαίσομαι ἱρῶν.
Ἀλλ' Ἀχιλεὺς Βορέην ἠδὲ Ζέφυρον κελαδεινὸν
ἐλθεῖν ἀρᾶται, καὶ ὑπίσχεται ἱερὰ καλά,
ὄφρα πυρὴν ὄρσητε καήμεναι, ᾗ ἔνι κεῖται   210
Πάτροκλος, τὸν πάντες ἀναστενάχουσιν Ἀχαιοί. »

Ἡ μὲν ἄρ' ὣς εἰποῦσ', ἀπεβήσετο· τοὶ δ' ὀρέοντο
ἠχῇ θεσπεσίῃ, νέφεα κλονέοντε πάροιθεν.
Αἶψα δὲ πόντον ἵκανον ἀήμεναι· ὦρτο δὲ κῦμα

brûler au plus tôt les corps, et allumer les bois du bûcher. Iris, la rapide Messagère, exauçant ses prières, alla trouver les Vents, qui, rassemblés dans la demeure de l'impétueux Zéphyre, se livraient aux plaisirs de la table. Elle s'arrêta dans sa course sur le seuil de pierre. Dès qu'ils la virent, ils se levèrent tous, et l'appelèrent chacun de leur côté. Elle refusa de se reposer, et dit :

« Je ne puis pas rester ; je me rends aux extrémités de l'Océan, chez les Éthiopiens, qui offrent des hécatombes aux immortels, et je veux prendre part à leurs sacrifices. Mais Achille vous implore, Borée et toi, Zéphyre au souffle orageux, et il vous promet de riches sacrifices, si vous allumez promptement le bûcher sur lequel repose Patrocle, que pleurent tous les Grecs. »

A ces mots, elle s'éloigne ; et les vents se lèvent avec un bruit formidable, chassant les nuages devant eux, et soufflent bientôt sur la

ὕλη τε σεύαιτο καήμεναι. / et *que* le bois se hâtât d'avoir brûlé.

Ἶρις δὲ ὠκέα, ἀΐουσα ἀράων, / Or Iris rapide, entendant *ces* prières,

ἦλθε μετάγγελος Ἀνέμοισιν. / vint messagère aux Vents.

Οἱ μὲν ἄρα ἀθρόοι / Ceux-ci certes pressés

δαίνυντο εἰλαπίνην / se-partageaient un festin

ἔνδον Ζεφύροιο / dans-la-demeure de Zéphyre

δυσαέος· / au-souffle-redoutable ;

Ἶρις δὲ θέουσα ἐπέστη / et Iris courant s'arrêta

ἐπὶ βηλῷ λιθέῳ. / sur le seuil de-pierre.

Ὡς δὲ τοὶ ἴδον ὀφθαλμοῖσι, / Mais quand eux *la* virent des yeux,

πάντες ἀνήϊξαν, / tous se levèrent-empressés,

κάλεόν τέ μιν ἕκαστος εἰς ἕ· / et ils appelaient elle chacun à soi ;

ἡ δὲ ἀνήνατο μὲν / mais elle d'une part refusa

ἕζεσθαι αὖθι, / de s'asseoir là,

εἶπε δὲ μῦθον· / et de l'autre dit *ce* discours :

« Οὐχ ἕδος· / « *Il n'est* pas temps-de-s'asseoir ;

εἶμι γὰρ αὖτις / car je vais maintenant

ἐπὶ ῥέεθρα Ὠκεανοῖο, / vers les courants de l'Océan,

ἐς γαῖαν Αἰθιόπων, / vers la terre des Éthiopiens,

ὅθι ῥέζουσιν / où ils sacrifient

ἑκατόμβας ἀθανάτοις, / des hécatombes aux immortels,

ἵνα δὴ καὶ ἐγὼ / où certes moi aussi

μεταδαίσομαι ἱρῶν. / je participerai-aux sacrifices.

Ἀλλὰ Ἀχιλεὺς ἀρᾶται Βορέην / Mais Achille prie Borée

ἠδὲ Ζέφυρον κελαδεινὸν / et Zéphyre bruyant

ἐλθεῖν, / d'être venus,

καὶ ὑπίσχεται ἱερὰ καλά, / et promet des sacrifices beaux,

ὄφρα ὄρσητε / pour que vous ayez excité *le feu*

καήμεναι πυρὴν / à avoir brûlé le bûcher

ἐνὶ ᾗ κεῖται Πάτροκλος, / sur lequel gît Patrocle,

τὸν πάντες Ἀχαιοὶ / lequel tous les Achéens

ἀναστενάχουσιν. » / pleurent-en-gémissant. »

Ἡ μὲν ἄρα εἰποῦσα ὣς, / Celle-ci donc ayant dit ainsi,

ἀπεβήσετο· / s'en alla ;

τοὶ δὲ ὀρέοντο / et eux se précipitaient

ἠχῇ θεσπεσίῃ, / *avec* un bruit immense,

κλονέοντε νέφεα πάροιθεν. / chassant les nuages devant *eux*.

Ἵκανον δὲ αἶψα / Or ils vinrent aussitôt

ἀήμεναι πόντον· / souffler-sur la mer ;

κῦμα δὲ ὦρτο / et le flot s'élança

πνοιῇ ὕπο λιγυρῇ· Τροίην δ' ἐρίβωλον ἱκέσθην,   215
ἐν δὲ πυρῇ πεσέτην, μέγα δ' ἴαχε θεσπιδαὲς πῦρ.
Παννύχιοι δ' ἄρα τοίγε πυρῆς ἄμυδις φλόγ' ἔβαλλον,
φυσῶντες λιγέως· ὁ δὲ πάννυχος ὠκὺς Ἀχιλλεὺς
χρυσέου ἐκ κρητῆρος, ἑλὼν δέπας ἀμφικύπελλον[I],
οἶνον-ἀφυσσάμενος χαμάδις χέε, δεῦε δὲ γαῖαν,   220
ψυχὴν κικλήσκων Πατροκλῆος δειλοῖο.
Ὡς δὲ πατὴρ οὗ παιδὸς ὀδύρεται ὀστέα καίων,
νυμφίου, ὅστε θανὼν δειλοὺς ἀκάχησε τοκῆας·
ὣς Ἀχιλεὺς ἑτάροιο ὀδύρετο ὀστέα καίων,
ἑρπύζων παρὰ πυρκαϊήν, ἀδινὰ στεναχίζων.   225

Ἦμος δ' Ἐωσφόρος εἶσι φόως ἐρέων ἐπὶ γαῖαν,
ὅντε μέτα κροκόπεπλος ὑπεὶρ ἅλα κίδναται ἠώς,
τῆμος πυρκαϊὴ ἐμαραίνετο, παύσατο δὲ φλόξ.
Οἱ δ' Ἄνεμοι πάλιν αὖτις ἔβαν οἶκόνδε νέεσθαι,
Θρηΐκιον κατὰ πόντον· ὁ δ' ἔστενεν, οἴδματι θύων.   230

mer. Le flot se dresse sous leur haleine frémissante Ils arrivent sur le sol fertile de Troie ; ils fondent sur le bûcher, et le feu éclate immense avec un grand fracas. Toute la nuit, ils attisèrent à l'envi la flamme du bûcher, en soufflant avec fureur ; et toute la nuit, Achille aux pieds rapides, puisant dans un cratère d'or, verse le vin d'une double coupe sur la terre qu'il arrose, en appelant l'âme du malheureux Patrocle. Comme un père pleure son fils nouvellement marié, dont il livre les restes au bûcher, et dont la mort a jeté dans le deuil ses malheureux parents ; ainsi pleurait Achille en brûlant les os de son ami : il se roulait autour du bûcher, éclatant en sanglots.

Lorsque Lucifer, qui annonce le jour à la terre, parut suivi de l'aurore, qui étendit sur la mer son voile d'or, le bûcher commençait à languir, et la flamme s'éteignait. Les Vents retournèrent dans leurs demeures, par la mer de Thrace, qui gémissait sous ses flots turbu-

ὑπὸ πνοιῇ λιγυρῇ·	sous le souffle sifflant ;
ἱκέσθην δὲ Τροίην	et ils vinrent-tous-deux à Troie
ἐρίβωλον,	aux-larges-mottes-de-terre,
πεσέτην δὲ ἐν πυρῇ,	et tombèrent sur le bûcher,
πῦρ δὲ θεσπιδαὲς	et le feu allumé-par-les-dieux
ἴαχε μέγα.	cria grandement.
Τοίγε δὲ ἄρα παννύχιοι	Et ceux-ci certes toute-la-nuit
ἔβαλλον ἄμυδις	frappaient (agitaient) ensemble
φλόγα πυρῆς,	la flamme du bûcher,
φυσῶντες λιγέως·	soufflant en-sifflant ;
ὁ δὲ Ἀχιλλεὺς ὠκὺς πάννυχος	et Achille rapide toute-la-nuit
ἐλὼν δέπας ἀμφικύπελλον,	ayant pris une coupe double,
ἀφυσσάμενος οἶνον	ayant puisé du vin
ἐκ κρητῆρος χρυσέου,	dans un cratère d'or,
χέε χαμάδις,	le versait à-terre,
δεῦε δὲ γαῖαν,	et arrosait la terre,
κικλήσκων ψυχὴν	appelant l'âme
Πατροκλῆος δειλοῖο.	de Patrocle malheureux.
Ὡς δὲ πατὴρ ὀδύρεται,	Or de même que un père gémit,
καίων ὀστέα	brûlant les ossements
οὗ παιδὸς νυμφίου,	de son fils nouvel-époux,
ὅστε θανὼν	lequel étant mort
ἀκάχησε τοκῆας δειλούς·	affligea ses parents malheureux :
ὣς Ἀχιλεὺς ὀδύρετο	de même Achille gémissait
καίων ὀστέα ἑτάροιο,	brûlant les ossements de son ami,
ἑρπύζων παρὰ πυρκαϊὴν,	rampant autour du bûcher,
στεναχίζων ἀδινά.	poussant-des-soupirs fréquemment.
Ἦμος δὲ Ἑωσφόρος	Mais quand l'étoile-du-matin
εἶσιν ἐπὶ γαῖαν	vient sur la terre
ἐρέων φόως,	devant annoncer la lumière,
μετὰ ὄντε ἠὼς	après laquelle l'aurore
κροκόπεπλος	au-voile-de-safran
κίδναται ὑπεὶρ ἅλα,	se répand sur la mer,
τῆμος πυρκαϊὴ ἐμαραίνετο,	alors le bûcher languissait,
φλὸξ δὲ παύσατο.	et la flamme cessa.
Οἱ δὲ Ἄνεμοι ἔβαν πάλιν	Et les Vents allèrent de retour
νέεσθαι αὖτις οἴκόνδε,	pour-revenir ensuite chez-eux,
κατὰ πόντον Θρηίκιον·	par la mer de-Thrace :
ὁ δὲ ἔστενε,	et celle-ci gémissait,
θύων οἴδματι.	furieuse sous-son-enflure.

Πηλείδης δ' ἀπὸ πυρκαῖῆς ἑτέρωσε λιασθεὶς,
κλίνθη κεκμηὼς, ἐπὶ δὲ γλυκὺς ὕπνος ὄρουσεν.
Οἱ δ' ἀμφ' Ἀτρείωνα ἀολλέες ἠγερέθοντο,
τῶν μιν ἐπερχομένων ὅμαδος καὶ δοῦπος ἔγειρεν.
Ἕζετο δ' ὀρθωθεὶς, καί σφεας πρὸς μῦθον ἔειπεν·   235
  « Ἀτρείδη τε καὶ ἄλλοι ἀριστῆες Παναχαιῶν,
πρῶτον μὲν κατὰ πυρκαϊὴν σβέσατ' αἴθοπι οἴνῳ
πᾶσαν, ὁπόσσον ἐπέσχε πυρὸς μένος· αὐτὰρ ἔπειτα
ὀστέα Πατρόκλοιο Μενοιτιάδαο λέγωμεν,
εὖ διαγιγνώσκοντες (ἀριφραδέα δὲ τέτυκται·   240
ἐν μέσσῃ γὰρ ἔκειτο πυρῇ, τοὶ δ' ἄλλοι ἄνευθεν
ἐσχατιῇ καίοντ' ἐπιμὶξ, ἵπποι τε καὶ ἄνδρες),
καὶ τὰ μὲν ἐν χρυσέῃ φιάλῃ καὶ δίπλακι δημῷ
θείομεν, εἰσόκεν αὐτὸς ἐγὼν Ἄϊδι κεύθωμαι.
Τύμβον δ' οὐ μάλα πολλὸν ἐγὼ πονέεσθαι ἄνωγα,   245
ἀλλ' ἐπιεικέα τοῖον· ἔπειτα δὲ καὶ τὸν Ἀχαιοὶ
εὐρύν θ' ὑψηλόν τε τιθήμεναι, οἵ κεν ἐμεῖο
δεύτεροι ἐν νήεσσι πολυκλήϊσι λίπησθε. »

lents. Le fils de Pélée, s'éloignant du bûcher, va reposer ses membres
fatigués, qu'envahit le doux sommeil. Mais il se réveille au tumulte
et au bruit que font les Grecs rassemblés autour du fils d'Atrée. Alors
il se lève, et leur tient ce discours :

« Atride, et vous autres chefs des Grecs, éteignez sous les flots
d'un vin noir toutes les parties du bûcher envahies par les flammes.
Ensuite nous recueillerons avec soin les os de Patrocle, fils de Ménétius ; (ils sont faciles à reconnaître ; car il était au milieu, séparé
des autres, qui brûlaient au bord du bûcher, pêle-mêle, hommes
et chevaux) ; et puis nous les mettrons dans une urne d'or, où ils
resteront enveloppés d'une double couche de graisse, jusqu'à ce que
je descende moi-même aux enfers. Je ne veux pas qu'on lui élève un
monument superbe, mais une simple tombe. Vous autres, qui me
survivrez, dans nos navires aux nombreux rangs de rames, Grecs,
vous m'érigerez un tombeau vaste et élevé. »

Πηλείδης δὲ λιασθεὶς	Or le fils-de-Pélée s'étant détourné
ἑτέρωσε ἀπὸ πυρκαϊῆς,	d'un-autre-côté loin-du bûcher,
κλίνθη κεκμηὼς,	s'étendit ayant été fatigué,
ὕπνος δὲ γλυκὺς ἐπόρουσεν.	et un sommeil doux survint-à-*lui*.
Οἱ δὲ ἠγερέθοντο	Mais ceux-là se rassemblaient
ἀολλέες ἀμφὶ Ἀτρείωνα,	nombreux autour du fils-d'Atrée,
τῶν ἐπερχομένων	desquels survenant
ὅμαδος καὶ δοῦπος ἔγειρέ μιν.	le tumulte et le bruit éveilla lui.
Ἕζετο δὲ ὀρθωθεὶς,	Or il s'asseyait s'étant dressé,
καὶ προσέειπέ σφεας μῦθον·	et dit-à eux *ce* discours :
« Ἀτρείδη τε	« Et fils d'Atrée
καὶ ἄλλοι ἀριστῆες	et autres souverains
Παναχαιῶν,	de tous-les-Achéens,
πρῶτον μὲν κατασβέσατε	d'abord certes ayez éteint
οἴνῳ αἴθοπι	avec du vin noir
πυρκαϊὴν πᾶσαν,	le bûcher entier,
ὁπόσσον μένος πυρὸς	autant que la fureur du feu
ἐπέσχεν·	*en* a envahi ;
αὐτὰρ ἔπειτα λέγωμεν	et puis ensuite recueillons
ὀστέα Πατρόκλοιο	les ossements de Patrocle
Μενοιτιάδαο,	fils-de-Ménétius,
διαγιγνώσκοντες εὖ	discernant bien
(τέτυκται δὲ	(or ils sont devenus
ἀριφραδέα·	faciles-à-reconnaître ;
ἔκειτο γὰρ ἐν μέσσῃ πυρῇ,	car il gisait au milieu du bûcher,
τοὶ δὲ ἄλλοι καίοντο ἄνευθεν	et les autres brûlaient à l'écart
ἐσχατιῇ ἐπιμίξ,	à l'extrémité pêle-mêle,
ἵπποι τε καὶ ἄνδρες),	et chevaux et hommes),
καὶ θείομεν τὰ μὲν ἐν φιάλῃ χρυσέῃ	et ayons placé eux dans une urne d'or
καὶ δημῷ δίπλακι,	et *dans* une graisse double,
εἰσόκεν ἐγὼν αὐτὸς	jusqu'à ce que moi-même
κεύθωμαι Ἄϊδι.	je sois caché aux Enfers.
Ἐγὼ δὲ οὐκ ἄνωγα	Or moi je n'ordonne pas
πονέεσθαι τύμβον μάλα πολλὸν,	de travailler un tombeau très-grand,
ἀλλὰ τοῖον ἐπιεικέα·	mais tel convenable ;
ἔπειτα δὲ καὶ, Ἀχαιοὶ,	et ensuite aussi, Achéens,
οἵ κε λίπησθε δεύτεροι ἐμεῖο	qui aurez été laissés postérieurs à moi
ἐν νήεσσι	dans les vaisseaux
πολυκλήϊσι,	à-plusieurs-rangs-de-rames,
τιθήμεναι τὸν εὐρύν τε ὑψηλόν τε.»	faites lui et vaste et élevé. »

Ὡς ἔφαθ· οἱ δ' ἐπίθοντο ποδώκεϊ Πηλείωνι.

Πρῶτον μὲν κατὰ πυρκαϊὴν σϐέσαν αἴθοπι οἴνῳ,　　250
ὅσσον ἐπὶ φλὸξ ἦλθε, βαθεῖα δὲ κάππεσε τέφρη·
κλαίοντες δ' ἑτάροιο ἐνηέος ὀστέα λευκὰ
ἄλλεγον ἐς χρυσέην φιάλην καὶ δίπλακα δημόν·
ἐν κλισίῃσι δὲ θέντες, ἑανῷ λιτὶ κάλυψαν·
τορνώσαντο δὲ σῆμα, θεμείλιά τε προϐάλοντο　　255
ἀμφὶ πυρήν· εἶθαρ δὲ χυτὴν ἐπὶ γαῖαν ἔχευαν.
Χεύαντες δὲ τὸ σῆμα, πάλιν κίον[1]. Αὐτὰρ Ἀχιλλεὺς
αὐτοῦ λαὸν ἔρυκε, καὶ ἵζανεν εὐρὺν ἀγῶνα·
νηῶν δ' ἔκφερ' ἄεθλα, λέϐητάς τε τρίποδάς τε,
ἵππους θ' ἡμιόνους τε, βοῶν τ' ἴφθιμα κάρηνα,　　260
ἠδὲ γυναῖκας εὐζώνους, πολιόν τε σίδηρον.

Ἱππεῦσιν μὲν πρῶτα ποδώκεσιν ἀγλά' ἄεθλα[2]
Θῆκε γυναῖκα ἄγεσθαι, ἀμύμονα ἔργ' εἰδυῖαν,
καὶ τρίποδ' ὠτώεντα δυωκαιεικοσίμετρον,
τῷ πρώτῳ· ἀτὰρ αὖ τῷ δευτέρῳ ἵππον ἔθηκεν　　265

Il dit. On obéit à l'agile fils de Pélée. D'abord on éteint la flamme
du bûcher sous des flots d'un vin noir, qui creuse la cendre. Les
Grecs recueillent en pleurant les os blanchis de leur doux compagnon
dans une urne d'or, sous une double enveloppe de graisse. Ils les déposent sous la tente, et les couvrent d'un tissu léger. On trace le plan
du tombeau, on en jette les fondements autour du bûcher, et l'on y
amasse la terre en monceau. Quand la tombe est achevée, les guerriers s'en retournent. Mais Achille rassemble l'armée dans ces lieux,
et la range en un cercle immense. Puis il apporte les prix des jeunes
vainqueurs dans les jeux, des bassins et des trépieds, des chevaux
et des mulets, des taureaux au front puissant, des femmes à la belle
ceinture, et le fer qui brille.

D'abord il propose pour prix au vainqueur à la course des chars
rapides, une femme habile aux glorieux travaux, ainsi qu'un trépied
à anses, de vingt-deux mesures. Au second, il destine une cavale in-

Ἔφατο ὥς·	Il dit ainsi :
οἱ δὲ ἐπίθοντο	et eux obéirent
Πηλείωνι ποδώκεϊ.	au fils-de-Pélée aux-pieds-rapides.
Πρῶτον μὲν κατέσβεσαν	Et d'abord ils éteignirent
οἴνῳ αἴθοπι πυρκαϊὴν,	avec un vin noir le bûcher,
ὅσσον φλὸξ ἐπῆλθε,	autant que la flamme en a envahi,
τέφρη δὲ βαθεῖα κάππεσεν·	et la cendre profonde tomba :
ἄλλεγον δὲ κλαίοντες	et ils recueillaient en pleurant
ὀστέα λευκὰ	les ossements blancs
ἑτάροιο ἐνηέος	de leur compagnon doux
ἐς φιάλην χρυσέην	dans une urne d'or
καὶ δημὸν δίπλακα·	et dans une graisse double;
θέντες δὲ ἐν κλισίῃσι,	et les ayant placés dans les tentes,
κάλυψαν λιτὶ ἑανῷ,	il les voilèrent d'un tissu fin,
τορνώσαντο δὲ	et tracèrent-en-rond
σῆμα,	le monument,
προβάλοντό τε θεμείλια	et jetèrent les fondements
ἀμφὶ πυρήν·	autour du bûcher;
εἶθαρ δὲ ἐπέχευαν	et sur-le-champ ils amassèrent
γαῖαν χυτήν.	de la terre friable.
Χεύαντες δὲ σῆμα,	Et ayant amassé un tombeau,
κίον πάλιν.	ils allèrent de retour.
Αὐτὰρ Ἀχιλλεὺς ἔρυκε	Cependant Achille arrêta
λαὸν αὐτοῦ,	le peuple là-même,
καὶ ἵζανεν ἀγῶνα εὐρύν·	et fit-asseoir une assemblée vaste :
νηῶν δὲ ἔκφερεν ἄεθλα,	et des vaisseaux il apporta des prix,
λέβητάς τε τρίποδάς τε,	et des bassins et des trépieds,
ἵππους τε ἡμιόνους τε,	et des chevaux et des mulets,
κάρηνά τ' ἴφθιμα βοῶν,	et des têtes robustes de bœufs,
ἠδὲ γυναῖκας ἐϋζώνους,	et des femmes à-la-belle-ceinture,
σίδηρόν τε πολιόν.	et du fer au-reflet-blanchâtre.
Θῆκε μὲν πρῶτα	Il plaça à la vérité d'abord
ἄεθλα ἀγλαὰ ἄγεσθαι	comme prix illustres à remporter
ἱππεῦσι ποδώκεσι	aux écuyers aux-pieds-rapides
γυναῖκα εἰδυῖαν	une femme sachant
ἔργα ἀμύμονα,	des ouvrages irréprochables,
καὶ τρίποδα ὠτώεντα	et un trépied à-anses
δυωκαιεικοσίμετρον,	de-vingt-deux-mesures,
τῷ πρώτῳ·	pour le premier vainqueur;
ἀτὰο ἔθηκεν αὖ τῷ δευτέρῳ	mais il plaça ensuite pour le second

2.

ἐξέτε', ἀδμήτην, βρέφος ἡμίονον κυέουσαν·
αὐτὰρ τῷ τριτάτῳ ἄπυρον κατέθηκε λέβητα,
καλὸν, τέσσαρα μέτρα κεχανδότα, λευκὸν ἔτ' αὔτως·
τῷ δὲ τετάρτῳ θῆκε δύω χρυσοῖο τάλαντα·
πέμπτῳ δ' ἀμφίθετον φιάλην ἀπύρωτον ἔθηκε.   270
Στῆ δ' ὀρθὸς, καὶ μῦθον ἐν Ἀργείοισιν ἔειπεν·
« Ἀτρείδη τε καὶ ἄλλοι ἐϋκνήμιδες Ἀχαιοὶ,
ἱππῆας τάδ' ἄεθλα δεδεγμένα κεῖτ' ἐν ἀγῶνι.
Εἰ μὲν νῦν ἐπὶ ἄλλῳ ἀεθλεύοιμεν Ἀχαιοὶ,
ἦ τ' ἂν ἐγὼ τὰ πρῶτα λαβὼν κλισίηνδε φεροίμην·   275
Ἴστε γὰρ ὅσσον ἐμοὶ ἀρετῇ περιβάλλετον ἵπποι·
ἀθάνατοί τε γάρ εἰσι· Ποσειδάων δ' ἔπορ' αὐτοὺς
πατρὶ ἐμῷ Πηλῆϊ, ὁ δ' αὖτ' ἐμοὶ ἐγγυάλιξεν.
Ἀλλ' ἤτοι μὲν ἐγὼ μενέω, καὶ μώνυχες ἵπποι·
τοίου γὰρ κλέος ἐσθλὸν ἀπώλεσαν ἡνιόχοιο,   280
ἠπίου, ὃ σφωϊν μάλα πολλάκις ὑγρὸν ἔλαιον
χαιτάων κατέχευε, λοέσσας ὕδατι λευκῷ.
Τὸν τώγ' ἑσταότες πενθείετον, οὖδεϊ δέ σφι

domptée, de six ans, qui porte un mulet dans son sein ; au troisième,
un magnifique bassin qui n'a pas encore vu le feu, qui contient quatre mesures, et qui est encore d'une extrême blancheur ; au quatrième, deux talents d'or ; au cinquième enfin, une double coupe
qui n'a pas encore été mise au feu ; puis, se levant tout debout, il
dit aux Grecs :

« Atride, et vous autres Grecs aux belles cnémides, voici les
prix destinés à ceux dont les coursiers seront vainqueurs. Si nous
célébrions les funérailles de quelqu'autre guerrier, je remporterais
sans doute dans ma tente le prix réservé au premier vainqueur ; car
vous savez bien quelle est la supériorité de mes chevaux : ils sont
immortels. C'est Neptune qui les a donnés à Pélée, mon père, dont
je les tiens. Mais je reste tranquille, ainsi que mes coursiers au dur
sabot. Ils ont perdu l'illustre écuyer plein de vaillance et de douceur
qui lustra si souvent dans l'huile leur crinière, après les avoir baignés

ἵππον ἐξέτεα, ἀδμήτην,   une jument de-six-ans, indomptée,
κυέουσαν   portant-dans-son-sein
βρέφος ἡμίονον·   un fétus de-mulet,
αὐτὰρ κατέθηκε τῷ τριτάτῳ   puis il établit pour le troisième
λέβητα καλὸν ἄπυρον,   un bassin beau n'ayant-pas-été-au-feu
κεχανδότα τέσσαρα μέτρα,   ayant-capacité-de quatre mesures,
λευκὸν ἔτι αὕτως·   blanc encore tout-de-même;
θῆκε δὲ τῷ τετάρτῳ   et il plaça pour le quatrième
δύω τάλαντα χρυσοῖο·   deux talents d'or;
ἔθηκε δὲ τῷ πέμπτῳ   il plaça aussi pour le cinquième
φιάλην ἀμφίθετον ἀπύρωτον.   une coupe double, n'ayant-pas-été-au-feu.
Στῆ δὲ ὀρθὸς,   Puis il se tint droit,
καὶ ἔειπε μῦθον ἐν Ἀργείοισιν·   et dit ce discours parmi les Argiens :
  « Ἀτρείδη τε καὶ ἄλλοι Ἀχαιοὶ   « Et fils d'Atrée et autres Achéens
ἐϋκνήμιδες,   aux-belles-cnémides,
τάδε ἄεθλα κεῖται ἐν ἀγῶνι   ces prix gisent dans l'arène
δεδεγμένα ἱππῆας.   attendant les écuyers.
Εἰ μὲν νῦν   Si à la vérité maintenant
ἀεθλεύοιμεν Ἀχαιοὶ   nous luttions Achéens
ἐπὶ ἄλλῳ,   au sujet d'un autre *guerrier*,
ἦ τε ἐγὼ λαβὼν   certes moi *les* ayant pris
ἂν φεροίμην τὰ πρῶτα   je remporterais les premiers *prix*
κλισίηνδε.   dans-ma-tente.
Ἴστε γὰρ ὅσσον ἐμοὶ ἵπποι   Car vous savez combien mes chevaux
περιβάλλετον ἀρετῇ·   l'emportent-tous-deux par la valeur;
εἰσί τε γὰρ ἀθάνατοι·   car ils sont immortels;
Ποσειδάων δὲ ἔπορεν αὐτοὺς   et Neptune procura eux
Πηλῆϊ ἐμῷ πατρὶ,   à Pélée mon père,
ὁ δὲ ἐγγυάλιξεν αὖτε ἐμοί.   et lui *les* remit à-son-tour à moi.
Ἀλλὰ ἤτοι μὲν ἐγὼ μενέω,   Mais certes moi je resterai-tranquille
καὶ ἵπποι μώνυχες·   ainsi-que *mes* chevaux solipèdes;
ἀπώλεσαν γὰρ κλέος ἐσθλὸν   car ils ont perdu la gloire belle
τοίου ἡνιόχοιο ἠπίου,   d'un tel conducteur doux,
ὃ κατέχευε χαιτάων σφωΐν   qui versa-sur les crinières d'eux
ἔλαιον ὑγρὸν μάλα πολλάκις,   l'huile liquide très souvent,
λοέσσας ὕδατι λευκῷ.   *les* ayant lavés dans l'onde blanche.
Τώγε ἑσταότες   Ces-deux-ci étant restés-debout
πενθείετον τὸν,   regrettent-en-deuil lui,
χαῖται δέ σφιν   et les crinières à eux
ἐρηρέδαται οὔδει,   se sont appuyées à-terre,

χαῖται ἐρηρέδαται, τὼ δ' ἔστατον ἀχνυμένω κῆρ.
Ἄλλοι δὲ στέλλεσθε κατὰ στρατόν, ὅστις Ἀχαιῶν   285
ἵπποισίν τε πέποιθε καὶ ἅρμασι κολλητοῖσιν. »

   Ὣς φάτο Πηλείδης· ταχέες δ' ἱππῆες ἄγερθεν.
Ὦρτο πολὺ πρῶτος μὲν ἄναξ ἀνδρῶν Εὔμηλος,
Ἀδμήτου φίλος υἱός, ὃς ἱπποσύνη ἐκέκαστο·
τῷ δ' ἐπὶ Τυδείδης ὦρτο κρατερὸς Διομήδης,   290
ἵππους δὲ Τρωοὺς ὕπαγε ζυγόν, οὕς ποτ' ἀπηύρα
Αἰνείαν, ἀτὰρ αὐτὸν ὑπεξεσάωσεν Ἀπόλλων.
Τῷ δ' ἄρ' ἐπ' Ἀτρείδης ὦρτο ξανθὸς Μενέλαος
Διογενής, ὑπὸ δὲ ζυγὸν ἤγαγεν ὠκέας ἵππους,
Αἴθην τὴν Ἀγαμεμνονέην, τὸν ἑόν τε Πόδαργον·   295
τὴν Ἀγαμέμνονι δῶχ' Ἀγχισιάδης Ἐχέπωλος
δῶρ', ἵνα μή οἱ ἔποιθ' ὑπὸ Ἴλιον ἠνεμόεσσαν,
ἀλλ' αὐτοῦ τέρποιτο μένων· μέγα γάρ οἱ ἔδωκε
Ζεὺς ἄφενος, ναῖεν δ' ὅγ' ἐν εὐρυχόρῳ Σικυῶνι·
τὴν ὅγ' ὑπὸ ζυγὸν ἦγε, μέγα δρόμου ἰσχανόωσαν.   300

dans une onde limpide. Ils restent tous les deux en repos, pleurant
Patrocle, balayant le sol de leur crinière, et accablés de douleur.
Mais vous, avancez au milieu de l'armée, vous qui mettez votre con-
fiance dans vos coursiers et dans vos chars solides ! »

Ainsi parla le fils de Pélée. Les guerriers aux chevaux rapides se
rassemblent. Alors se lève le premier de tous, Eumèle, prince des
hommes, le fils chéri d'Admète, qui excelle dans l'art de manier les
chevaux. Après lui, vient le fils de Tydée, le puissant Diomède, qui
attèle les coursiers troyens qu'il a enlevés à Énée, qui ne fut sauvé
lui-même que par Apollon. Après lui, vient le fils d'Atrée, le blond
Ménélas, descendant de Jupiter, qui attèle à son char ses rapides
coursiers, Éthé, couleur de feu, qu'il tient d'Agamemnon, et son
Podargus, aux pieds agiles. Éthé fut donnée à Agamemnon par le fils
d'Anchise, Échépolus, qui ne voulait pas le suivre sous les murs
d'Ilion battue des vents, et qui aimait mieux jouir en repos des
grands biens que lui avait donnés Jupiter, dans la vaste Sicyone qu'il

τὼ δὲ ἕστατον	et eux sont restés-tous-deux
ἀχνυμένω κῆρ.	étant affligés dans-le-cœur.
Στέλλεσθε δὲ	Mais équipez-vous
ἄλλοι κατὰ στρατον,	vous autres par l'armée,
ὅστις Ἀχαιῶν πέποιθεν	quiconque des Achéens se fie
ἵπποισί τε καὶ ἅρμασι	et à ses chevaux et à son char
κολλητοῖσι. »	dont-les-parties-sont-bien-jointes. »
Πηλείδης φάτο ὥς·	Le fils-de-Pélée dit ainsi ;
ἱππῆες δὲ ταχέες ἄγερθεν.	et les écuyers rapides se réunirent.
Πολὺ μὲν πρῶτος ὦρτο	Et de beaucoup le premier s'élança
Εὔμηλος ἄναξ ἀνδρῶν,	Eumèle, prince des hommes,
υἱὸς φίλος Ἀδμήτου,	fils chéri d'Admète,
ὃς ἐκέκαστο ἱπποσύνῃ·	qui excellait dans l'équitation ;
Διομήδης δὲ κρατερὸς	et Diomède courageux,
Τυδείδης	fils-de-Tydée,
ἔπωρτο τῷ,	s'élança-après lui,
ὕπαγε δὲ ζυγὸν	et conduisit-sous le joug
ἵππους Τρωοὺς,	les chevaux Troyens,
οὕς ποτε ἀπηύρα Αἰνείαν,	dont autrefois il dépouilla Enée,
ἀτὰρ Ἀπόλλων	mais Apollon
ὑπεξεσάωσεν αὐτόν.	le sauva-secrètement lui-même.
Ἀτρείδης δὲ ἄρα	Or le fils-d'Atrée certes,
Μενέλαος ξανθὸς,	Ménélas blond,
Διογενὴς,	issu-de-Jupiter,
ἔπωρτο τῷ,	s'élança-après lui,
ὑπήγαγε δὲ ζυγον	et conduisit-sous le joug
ἵππους ὠκέας,	ses chevaux rapides,
Αἴθην τὴν Ἀγαμεμνονέην,	Ethé, celle d'Agamemnon,
Πόδαργόν τε τὸν ἑόν·	et Podargus, le sien :
Ἐχέπωλος Ἀγχισιάδης	Echépolus fils-d'Anchise
δῶκε τὴν δῶρα Ἀγαμέμνονι,	donna elle en présent à Agamemnon,
ἵνα μὴ ἕποιτό οἱ	afin que il ne suivit pas lui
ὑπὸ Ἴλιον ἠνεμόεσσαν,	sous Ilion exposée-aux-vents,
ἀλλὰ τέρποιτο μένων αὐτοῦ·	mais que il se réjouît restant là ;
Ζεὺς γὰρ ἐδωκέν οἱ	car Jupiter donna à lui
ἄφενος μέγα,	une richesse grande,
ὅγε δὲ ναῖεν	et celui-ci habitait
ἐν Σικυῶνι εὐρυχόρῳ·	dans Sicyone aux-vastes-danses ;
ὅγε ἦγεν ὑπὸ ζυγὸν	celui-ci conduisit sous le joug
τὴν ἰσχανόωσαν μέγα δρόμου.	elle désirant grandement la course.

Ἀντίλοχος δὲ τέταρτος ἐΰτριχας ὡπλίσαθ' ἵππους,
Νέστορος ἀγλαὸς υἱὸς, ὑπερθύμοιο ἄνακτος,
τοῦ Νηληϊάδαο· Πυλοιγενέες δέ οἱ ἵπποι
ὠκύποδες φέρον ἅρμα. Πατὴρ δέ οἱ ἄγχι παρκστὰς
μυθεῖτ' εἰς ἀγαθὰ φρονέων, νοέοντι καὶ αὐτῷ·   305
  «Ἀντίλοχ', ἤτοι μέν σε, νέον περ ἐόντ', ἐφίλησαν
Ζεύς τε Ποσειδάων τε, καὶ ἱπποσύνας ἐδίδαξαν
παντοίας· τῷ καί σε διδασκέμεν οὔτι μάλα χρεώ.
Οἶσθα γὰρ εὖ περὶ τέρμαθ' ἑλισσέμεν· ἀλλά τοι ἵπποι
βάρδιστοι θείειν· τῷ τ' οἴω λοίγι' ἔσεσθαι.   310
Τῶν δ' ἵπποι μὲν ἔασιν ἀφάρτεροι, οὐδὲ μὲν αὐτοὶ
πλείονα ἴσασιν σέθεν αὐτοῦ μητίσασθαι.
Ἀλλ' ἄγε δὴ σὺ, φίλος, μῆτιν ἐμβάλλεο θυμῷ
παντοίην, ἵνα μή σε παρεκπροφύγῃσιν ἄεθλα.
Μήτι τοι δρυτόμος μέγ' ἀμείνων, ἠὲ βίηφι·   315
μήτι δ' αὖτε κυβερνήτης ἐπὶ οἴνοπι πόντῳ

habitait. Ménélas l'attela au char ; et elle brûlait du désir de courir
dans l'arène. Antiloque venait le quatrième, avec ses chevaux
à la belle crinière ; Antiloque, l'illustre fils de Nestor, prince
magnanime, descendant de Nélée. Les coursiers rapides qui traînent
son char sont nés à Pylos. Son père, qui se tient à ses côtés, lui
donne ces bons conseils, quoiqu'il soit sage lui-même :

« Antiloque, dès ta jeunesse tu fus aimé de Jupiter et de Neptune,
qui t'instruisirent dans l'art de diriger les chars ; je n'ai donc pas
besoin de t'en donner des leçons : tu sais parfaitement tourner la
borne. Mais tes chevaux sont très-lents à la course, et je crains qu'il
ne t'arrive malheur. Ceux dont les chevaux sont plus rapides, ne sont
pas plus habiles que toi. Va, mon cher fils ! rappelle à toi toute ta
prudence, afin de ne pas laisser échapper le prix. C'est par l'adresse
que le bûcheron l'emporte sur les autres, plutôt que par la force ;
c'est à force d'adresse que le pilote dirige sur la mer aux sombres

Ἀντίλοχος δὲ τέταρτος	Et Antiloque quatrième
ὡπλίσατο ἵππους ἐὐτριχας,	équipa *ses* chevaux à-la-belle-crinière,
υἱὸς ἀγλαὸς Νέστορος,	*Antiloque,* fils illustre de Nestor,
ἄνακτος ὑπερθύμοιο,	prince au-cœur-supérieur,
τοῦ Νηληϊάδαο ·	le fils-de-Nélée ;
ἵπποι δὲ ὠκύποδες	or des chevaux rapides,
Πυλοιγενέες	nés-à-Pylos,
φέρον ἅρμα οἱ.	emportaient le char à lui.
Πατὴρ δὲ παραστὰς ἄγχι οἱ,	Mais *son* père se tenant-près de lui,
φρονέων εἰς ἀγαθὰ,	songeant à de bonnes-choses,
μυθεῖτο αὐτῷ καὶ νοέοντι·	disait à lui quoique *bien* pensant :
« Ἀντίλοχε,	« Antiloque,
ἤτοι μὲν Ζεύς τε Ποσειδάων	certes et Jupiter et Neptune
ἐφίλησάν σε ἐόντα περ νέον,	aimèrent toi, même étant jeune,
καὶ ἐδίδαξαν	et *t*'enseignèrent
ἱπποσύνας παντοίας··	des artifices-d'équitation divers ;
τῷ καὶ οὔτι μάλα χρεώ	et pour cela *il* n'*est* pas très besoin
διδασκέμεν σε.	d'enseigner à toi.
Οἶσθα γὰρ εὖ	Car tu sais bien
περιελισσέμεν τέρματα·	tourner-autour des bornes ;
ἀλλά τοι ἵπποι	mais à toi *sont* les chevaux
βάρδιστοι θείειν ·	les plus lents à courir ;
τῷ τε οἴω	et c'est pourquoi je pense
λοίγια ἔσεσθαι.	des choses-funestes devoir être.
Ἵπποι δὲ τῶν μὲν	Or les chevaux de ceux-ci
ἔασιν ἀφάρτεροι,	sont plus agiles,
οὐδὲ μὲν αὐτοὶ ἴσασι	mais à la vérité eux ne savent pas
μητίσασθαι πλείονα	avoir imaginé plus *de ressources*
σέθεν αὐτοῦ.	*que* toi-même.
Ἀλλὰ ἄγε δὴ σὺ, φίλος,	Mais va certes toi, ami,
ἐμβάλλεο θυμῷ	mets-toi-dans l'esprit
μῆτιν παντοίην	une adresse de-toute-sorte,
ἵνα ἄεθλα.	afin que les prix
μὴ παρεκπροφύγῃσί σε.	n'aient pas échappé à toi.
Δρυτόμος τοι	Le bûcheron *est* certes
μέγα ἀμείνων	grandement meilleur
μήτι ἠὲ βίηφι·	par l'adresse que par la force ;
κυβερνήτης δὲ αὖτε	et le pilote de son côté
ἰθύνει μήτι	dirige par l'adresse
ἐπὶ πόντῳ οἴνοπι	sur la mer couleur-de-vin

νῆα θοὴν ἰθύνει, ἐρεχθομένην ἀνέμοισι·
μήτι δ᾽ ἡνίοχος περιγίγνεται ἡνιόχοιο.
Ἀλλ᾽ ὃς μέν θ᾽ ἵπποισι καὶ ἅρμασιν οἷσι πεποιθὼς,
ἀφραδέως ἐπὶ πολλὸν ἑλίσσεται ἔνθα καὶ ἔνθα,   320
ἵπποι δὲ πλανόωνται ἀνὰ δρόμον, οὐδὲ κατίσχει·
ὃς δέ κε κέρδεα εἰδῇ, ἐλαύνων ἥσσονας ἵππους,
αἰεὶ τέρμ᾽ ὁρόων, στρέφει ἐγγύθεν, οὐδέ ἑ λήθει
ὅππως τοπρῶτον τανύσῃ βοέοισιν ἱμᾶσιν·
ἀλλ᾽ ἔχει ἀσφαλέως, καὶ τὸν προύχοντα δοκεύει.   325
Σῆμα δέ τοι ἐρέω μάλ᾽ ἀριφραδὲς, οὐδέ σε λήσει.
Ἕστηκε ξύλον αὖον, ὅσον τ᾽ ὀργυί᾽, ὑπὲρ αἴης,
ἢ δρυὸς ἢ πεύκης, τὸ μὲν οὐ καταπύθεται ὄμβρῳ·
λᾶε δὲ τοῦ ἑκάτερθεν ἐρηρέδαται δύο λευκὼ,
ἐν ξυνοχῇσιν ὁδοῦ· λεῖος δ᾽ ἱππόδρομος ἀμφίς·   330
ἤ τευ σῆμα βροτοῖο πάλαι κατατεθνηῶτος,
ἢ τόγε νύσσα τέτυκτο ἐπὶ προτέρων ἀνθρώπων,
καὶ νῦν τέρματ᾽ ἔθηκε ποδάρκης δῖος Ἀχιλλεύς.

flots son rapide vaisseau agité par les vents, et c'est aussi par son
adresse que l'écuyer l'emporte sur l'écuyer. Mais celui qui se confie à
son char et à ses chevaux, erre, emporté la plupart du temps au
hasard, tantôt d'un côté, tantôt d'un autre, par des coursiers vaga-
bonds qu'il ne peut plus gouverner. Celui au contraire qui connaît
bien les ressources de l'art, tout en conduisant des chevaux inférieurs,
a toujours les yeux fixés sur la borne, la tourne de près, et sait à
propos lâcher les rênes taillées dans une peau de bœuf; il les tient
d'une main sûre, et observe celui qui le devance. Je vais t'indiquer
la borne, et tu ne t'y tromperas pas. Il s'élève de terre, à une hau-
teur d'une brasse, le tronc d'un chêne ou d'un pin, que la pluie n'a
pas encore pourri : il est flanqué de deux pierres blanches, à l'endroit
où le chemin se rétrécit. Partout ailleurs l'arène présente un sol uni.
C'est sans doute le tombeau de quelque mort d'autrefois, ou bien
quelque limite posée par les premiers hommes. C'est aujourd'hui le but
désigné par le divin Achille aux pieds robustes. Quand tu en appro-

νῆα θοὴν,	son vaisseau rapide,
ἐρεχθομένην ἀνέμοισιν·	ballotté par les vents;
ἡνίοχος δὲ	et le conducteur-de-char
περιγίγνεται μήτι	devient-supérieur par l'adresse
ἡνιόχοιο.	au conducteur-de-char.
Ἀλλὰ ὃς μὲν πεποιθὼς	Mais celui s'étant fié
οἶσί τε ἵπποισι καὶ ἅρμασιν,	et à ses chevaux et à son char,
ἑλίσσεται ἐπὶ πολλὸν	fait-des-détours la-plupart-du-temps
ἀφραδέως ἔνθα καὶ ἔνθα,	sans-jugement çà et là,
ἵπποι δὲ πλανόωνται ἀνὰ δρόμον,	et ses chevaux errent dans la course,
οὐδὲ κατίσχει·	et il ne les contient pas ;
ὃς δέ κεν εἰδῇ κέρδεα,	mais celui-qui saurait les ressources,
ἐλαύνων ἵππους ἥσσονας,	poussant des chevaux inférieurs,
ὁρόων αἰεὶ τέρμα,	regardant toujours le but,
στρέφει ἐγγύθεν,	tourne de près,
οὐδὲ λήθει ἑ	et il n'est-pas-caché à lui
ὅππως τανύσῃ τοπρῶτον	comment il les ait lâchés d'abord
ἱμᾶσι βοέοισιν·	par les courroies de peau-de-bœuf;
ἀλλὰ ἔχει ἀσφαλέως,	mais il les tient sûrement,
καὶ δοκεύει τὸν προύχοντα.	et épie celui étant-devant.
Ἐρέω δέ τοι	Or je dirai à toi
σῆμα μάλα ἀριφραδὲς,	le signe très facile-à-reconnaître,
οὐδὲ λήσει σε.	et il ne sera-pas-caché à toi.
Ξύλον αὖον,	Un morceau-de-bois sec,
ὅσον τε ὀργυιὰ,	et aussi-grand-que une brasse,
ἢ δρυὸς ἢ πεύκης,	soit de chêne soit de pin,
τὸ μὲν οὐ καταπύθεται ὄμβρῳ,	lequel n'est pas pourri par la pluie,
ἕστηκεν ὑπὲρ αἴης·	se tient-debout sur la terre;
δύο δὲ λᾶε λευκὼ	et deux pierres blanches
ἐρηρέδαται ἑκάτερθεν	ont été appuyées de chaque-côté
ἐν ξυνοχῇσιν ὁδοῦ·	dans le rétrécissement de la voie;
ἱππόδρομος δὲ λεῖος ἀμφίς·	et l'hippodrome est uni autour :
ἢ σῆμά	c'est ou un monument
τευ βροτοῖο	de quelque mortel
κατατεθνηῶτος πάλαι,	étant-mort autrefois,
ἢ τόγε τέτυκτο νύσσα	ou cela avait été fait borne
ἐπὶ ἀνθρώπων προτέρων,	au-temps-des hommes d'auparavant,
καὶ νῦν Ἀχιλλεὺς δῖος	et aujourd'hui Achille divin
ποδάρκης	aux-pieds-robustes
ἔθηκε τέρματα.	l'a placée borne-de-la-course.

Τῷ σὺ μάλ' ἐγχρίμψας ἐλάαν σχεδὸν ἅρμα καὶ ἵππους·
αὐτὸς δὲ κλινθῆναι ἐϋπλέκτῳ ἐνὶ δίφρῳ,   335
ἦκ' ἐπ' ἀριστερὰ τοῖϊν· ἀτὰρ τὸν δεξιὸν ἵππον
κένσαι ὁμοκλήσας, εἶξαί τέ οἱ ἡνία χερσίν.
Ἐν νύσσῃ δέ τοι ἵππος ἀριστερὸς ἐγχριμφθήτω,
ὡς ἄν τοι πλήμνη γε δοάσσεται ἄκρον ἱκέσθαι
κύκλου ποιητοῖο· λίθου δ' ἀλέασθαι ἐπαυρεῖν,   340
μήπως ἵππους τε τρώσῃς κατά θ' ἅρματα ἄξῃς·
χάρμα δὲ τοῖς ἄλλοισιν, ἐλεγχείη δὲ σοὶ αὐτῷ
ἔσσεται. Ἀλλά, φίλος, φρονέων πεφυλαγμένος εἶναι.
Εἰ γάρ κ' ἐν νύσσῃ γε παρὲξ ἐλάσῃσθα διώκων,
οὐκ ἔσθ' ὅς κέ σ' ἕλῃσι μετάλμενος, οὐδὲ παρέλθῃ·   345
οὐδ' εἴ κεν μετόπισθεν Ἀρείονα δῖον ἐλαύνοι,
Ἀδρήστου ταχὺν ἵππον, ὃς ἐκ θεόφιν γένος ἦεν,
ἢ τοὺς Λαομέδοντος, οἳ ἐνθάδε γ' ἔτραφεν ἐσθλοί. »
    Ὣς εἰπών, Νέστωρ Νηλήϊος ἂψ ἐνὶ χώρῃ
ἕζετ', ἐπεὶ ᾧ παιδὶ ἑκάστου πείρατ' ἔειπε.   350

cheras, pousse tes chevaux et ton char tout près, et, te penchant toi-même sur ton siége solide, un peu à la gauche des chevaux, excite de la voix l'ardeur de celui de droite, et lâche-lui les rênes ; enfin, pousse ton cheval de gauche sur la borne, si bien que le moyeu de la roue semble l'effleurer. Mais prends garde de heurter contre la pierre : tu blesserais tes chevaux, briserais ton char, à la grande satisfaction de tes rivaux, et te couvrirais de honte. Mon cher fils, sauve-toi par la prudence. Si tu parviens à raser la borne et à la franchir sans t'arrêter, il n'est personne qui puisse t'atteindre ou te dépasser, dût-on animer à ta poursuite le divin Arion, le rapide coursier d'Adraste, issu d'un dieu, ou les vaillants coursiers de Laomédon, nourris sur ces bords. »

A ces mots Nestor, fils de Nélée, reprit sa place, après avoir donné à son fils les conseils les plus importants.

Σὺ ἐγχρίμψας μάλα	Toi *les* ayant approchés beaucoup
ἐλάαν σχεδὸν τῷ	pousse près de la *borne*
ἄρμα καὶ ἵππους·	*ton* char et *tes* chevaux ;
αὐτὸς δὲ κλινθῆναι	et *toi*-même sois-toi penché
ἐνὶ δίφρω ἐϋπλέκτῳ,	sur le double-siége bien-joint,
ἦκα ἐπὶ ἀριστερὰ τοῖϊν·	un peu à gauche des deux-chevaux ;
ἀτὰρ ὁμοκλήσας	puis ayant crié-en-menaçant
κένσαι τὸν ἵππον δεξιὸν,	aie aiguillonné le cheval de-droite ,
εἶξαί τε ἡνία οἱ	puis aie lâché les rênes à lui
χερσίν.	avec les mains.
Ἵππος δὲ ἀριστερὸς	Que le cheval de-gauche
ἐγχριμφθήτω τοι ἐν νύσσῃ,	ait été approché à toi sur la borne,
ὡς πλήμνη γε	de manière que le moyeu du moins
ἂν δοάσσεταί τοι	ait semblé à toi
ἱκέσθαι ἄκρον	avoir atteint le sommet
κύκλου ποιητοῖο	du cercle bien-fait ;
ἀλέασθαι δὲ ἐπαυρεῖν λίθου,	et avoir évité d'avoir touché la pierre,
μήπως	de peur que
τρώσῃς τε ἵππους ,	et tu n'aies blessé les chevaux,
κατάξῃς τε ἄρματα·	et tu n'aies brisé les chars :
χάρμα δὲ ἔσσεται τοῖς ἄλλοισιν,	or satisfaction sera pour les autres,
ἐλεγχείη δὲ σοὶ αὐτῷ.	et honte pour toi-même.
Ἀλλά, φίλος, φρονέων	Mais, ami, étant-prudent
εἶναι πεφυλαγμένος.	sois l'étant précautionné.
Εἰ γὰρ διώκων	Car *si* en poursuivant
κεν ἐλάσῃσθα	tu auras poussé-*les-chevaux*
ἐν νύσσῃ γε παρὲξ,	à la borne du moins au-delà,
οὐκ ἔστιν ὅς κεν ἕλῃσι	il n'est pas qui ait pu-atteindre
μετάλμενός σε,	poursuivant-vivement toi,
οὐδὲ παρέλθῃ·	ni *qui* ait été-au-delà ;
οὐδὲ εἰ μετόπισθέ	pas même si par derrière
κεν ἐλαύνοι Ἀρείονα δῖον,	il pousserait Arion divin,
ἵππον ταχὺν Ἀδρήστου,	cheval rapide d'Adraste,
ὅς ἦε γένος ἐκ θεόφιν,	lequel était race *venue* des dieux,
ἢ τοὺς Λαομέδοντος,	ou ceux de Laomédon,
οἳ ἔτραφέν γε ἐσθλοὶ ἐνθάδε. »	qui furent nourris certes vaillants ici.»
Εἰπὼν ὥς, Νέστωρ Νηλήϊος	Ayant dit ainsi, Nestor *fils*-de-Nélée
ἕζετο ἂψ ἐνὶ χώρῃ,	s'assit en arrière en place,
ἐπεὶ ἔειπεν ᾧ παιδὶ	après que il eut dit à son fils
πείρατα ἑκάστου.	les points-importans de chaque-chose.

Μηριόνης δ' ἄρα πέμπτος εὔτριχας ὡπλίσαθ' ἵππους.
Ἂν δ' ἔβαν ἐς δίφρους, ἐν δὲ κλήρους ἐβάλοντο.
Πάλλ' Ἀχιλεύς, ἐκ δὲ κλῆρος θόρε Νεστορίδαο
Ἀντιλόχου· μετὰ τὸν δ' ἔλαχε κρείων Εὔμηλος·
τῷ δ' ἄρ' ἐπ' Ἀτρείδης, δουρικλειτὸς Μενέλαος·   355
τῷ δ' ἐπὶ Μηριόνης λάχ' ἐλαυνέμεν· ὕστατος αὖτε
Τυδείδης, ὅχ' ἄριστος ἐὼν, λάχ' ἐλαυνέμεν ἵππους.
Στὰν δὲ μεταστοιχί· σήμηνε δὲ τέρματ' Ἀχιλλεύς,
τηλόθεν ἐν λείῳ πεδίῳ· παρὰ δὲ σκοπὸν εἷσεν
ἀντίθεον Φοίνικα, ὀπάονα πατρὸς ἑοῖο,   360
ὡς μεμνέῳτο δρόμου, καὶ ἀληθείην ἀποείποι.

Οἱ δ' ἅμα πάντες ἐφ' ἵπποιϊν μάστιγας ἄειραν¹,
πέπληγόν θ' ἱμᾶσιν, ὁμόκλησάν τ' ἐπέεσσιν,
ἐσσυμένως· οἱ δ' ὦκα διέπρησσον πεδίοιο,
νόσφι νεῶν, ταχέως· ὑπὸ δὲ στέρνοισι κονίη   365
ἵστατ' ἀειρομένη, ὥστε νέφος ἠὲ θύελλα

Mérion venait le cinquième, préparant ses chevaux à la belle crinière. Ils montent tous sur leurs chars, et l'on jette les sorts, qu'A-
chille agite lui-même. Le premier désigné est Antiloque, fils de Nestor.
Après lui, c'est le puissant Eumèle ; ensuite, le fils d'Atrée, Ménélas,
fameux par la lance; puis Mérion, et enfin, le fils de Tydée, le plus
brave de tous. Ils se rangent en ordre. Achille montre le but, au loin,
dans la plaine, et il y envoie le divin Phénix, l'écuyer de son père,
pour être témoin du succès de la course, et en faire un rapport
fidèle.

Alors ils lèvent tous ensemble le fouet sur leurs chevaux, les frappent
et les excitent d'une voix pressante. Aussitôt les coursiers parcourent
rapidement la plaine, et s'éloignent des vaisseaux de toute leur vitesse.
Sous leur poitrail s'élèvent des nuages et des tourbillons de poussière,

Μηριόνης δὲ ἄρα πέμπτος   Or donc Mérion cinquième
ὡπλίσατο ἵππους εὔτριχας.   équipa *ses* chevaux aux-beaux-crins.
Ἄνεβαν δὲ   Alors ils montèrent
ἐς δίφρους,   sur les doubles-siéges,
ἐνεβάλοντο δὲ κλήρους.   et jetèrent-dans *un casque* les sorts.
Ἀχιλεὺς πάλλεν,   Achille *les* agitait,
ἐξέθορε δὲ κλῆρος   alors sortit le sort
Ἀντιλόχου Νεστορίδαο·   d'Antiloque fils-de-Nestor ;
Εὔμηλος δὲ κρείων   et Eumèle souverain
ἔλαχε μετὰ τόν·   obtint après lui ;
ἐπὶ τῷ δὲ ἄρα Ἀτρείδης   et après celui-ci donc le fils-d'Atrée
Μενέλαος δουρικλειτός ·   Ménélas célèbre-par-la-lance ;
Μηριόνης δὲ λάχεν   et Mérion obtint
ἐλαυνέμεν ἐπὶ τῷ·   de pousser-*ses-chevaux* après lui ;
Τυδείδης αὖτε,   le fils-de-Tydée à-son-tour,
ἐὼν ὄχα ἄριστος,   étant de beaucoup le meilleur,
λάχεν ὕστατος   obtint le dernier
ἐλαυνέμεν ἵππους.   de pousser *ses* chevaux.
Στὰν δὲ μεταστοιχί·   Or ils se tenaient sur-un-seul-rang ;
Ἀχιλλεὺς δὲ σήμηνε   e. Achille désigna
τέρματα τηλόθεν   les bornes au loin
ἐν πεδίῳ λείῳ ·   dans la plaine unie ;
εἷσε δὲ πάρα σκοπὸν   et il envoya auprès en-observateur
Φοίνικα ἀντίθεον,   Phénix égal-à- un-dieu,
ὀπάονα ἑοῖο πατρὸς,   écuyer de son père,
ὡς μεμνέωτο δρόμου,   afin que il rendît-compte de la course,
καὶ ἀποείποι ἀληθείην.   et vînt-dire la vérité.
Οἱ δὲ πάντες   Or eux tous
ἄειραν ἅμα   levèrent en-même-temps
μάστιγας ἐπὶ ἵπποιν,   les fouets sur *leurs* chevaux,
πέπληγόν τε ἱμᾶσιν,   et frappèrent avec-les-courroies,
ὁμόκλησάν τε ἐπέεσσιν,   et gourmandèrent par des paroles,
ἐσσυμένως·   avec-grande-ardeur ;
οἱ δὲ διέπρησσον ὦκα   ceux-ci parcouraient vite
πεδίοιο,   *l'étendue* de la plaine,
νόσφι νεῶν,   loin des vaisseaux,
ταχέως·   avec-rapidité ;
κονίη δὲ ἀειρομένη   et la poussière soulevée
ἵστατο ὑπὸ στέρνοισιν,   se dressait *sous* leur poitrine,
ὥστε νέφος ἠὲ θύελλα ·   comme un nuage ou un ouragan ;

χαῖται δ᾽ ἐρρώοντο μετὰ πνοιῇς ἀνέμοιο.

Ἅρματα δ᾽ ἄλλοτε μὲν χθονὶ πίλνατο πουλυβοτείρῃ,
ἄλλοτε δ᾽ ἀΐξασκε μετήορα· τοὶ δ᾽ ἐλατῆρες
ἕστασαν ἐν δίφροισι· πάτασσε δὲ θυμὸς ἑκάστου,   370
νίκης ἱεμένων· κέκλοντο δὲ οἷσιν ἕκαστος
ἵπποις, οἱ δὲ πέτοντο κονίοντες πεδίοιο.

   Ἀλλ᾽ ὅτε δὴ πύματον τέλεον δρόμον ὠκέες ἵπποι
ἂψ ἐφ᾽ ἁλὸς πολιῆς, τότε δὴ ἀρετή γε ἑκάστου
φαίνετ᾽, ἄφαρ δ᾽ ἵπποισι τάθη δρόμος· ὦκα δ᾽ ἔπειτα   375
αἱ Φηρητιάδαο ποδώκεες ἔκφερον ἵπποι.
Τὰς δὲ μετ᾽ ἐξέφερον Διομήδεος ἄρσενες ἵπποι,
Τρώϊοι· οὐδέ τι πολλὸν ἄνευθ᾽ ἔσαν, ἀλλὰ μάλ᾽ ἐγγύς·
αἰεὶ γὰρ δίφρου ἐπιβησομένοισιν ἐΐκτην,
πνοιῇ δ᾽ Εὐμήλοιο μετάφρενον εὐρέε τ᾽ ὤμω   380
θέρμετ᾽· ἐπ᾽ αὐτῷ γὰρ κεφαλὰς καταθέντε πετέσθην.
Καί νύ κεν ἢ παρέλασσ᾽, ἢ ἀμφήριστον ἔθηκεν,

et leur crinière flotte au gré du vent. Les chars roulent tantôt sur la terre fertile, et tantôt semblent s'élancer dans les airs. Les conducteurs restent fermes sur leur siége, le cœur palpitant du désir de remporter la victoire ; et chacun encourage d'une voix forte ses chevaux, qui volent soulevant la poussière à travers la plaine.

   Mais c'est surtout lorsque, achevant la dernière course, les chevaux rapides reviennent vers la mer aux vagues blanches, que chacun déploie toute sa valeur, et les coursiers toute leur énergie. Les rapides cavales du descendant de Phérès devancent tous les autres. Puis viennent les chevaux de Tros, qui, conduits par Diomède, les suivent à peu d'intervalle et de fort près. Il semble toujours qu'ils vont monter sur le char d'Eumèle, dont leur souffle échauffe le dos et les larges épaules ; car ils l'atteignent avec la tête en courant. Et ils le dépasseraient peut-être, ou du moins ils l'égaleraient en vitesse,

χαῖται δὲ ἐρρώοντο	et les crins flottaient
μετὰ πνοιῆς ἀνέμοιο.	avec les souffles du vent.
Ἅρματα δὲ πίλνατο	Et les chars touchaient
ἄλλοτε μὲν χθονὶ	et tantôt à la terre
πουλυβοτείρη,	qui-nourrit-beaucoup-d'êtres,
ἄλλοτε δὲ ἀΐξασκε μετήορα·	et tantôt s'élançaient en-l'air ;
τοὶ δὲ ἐλατῆρες ἕστασαν	et les conducteurs se tenaient
ἐν δίφροισι·	sur les doubles-siéges ;
θυμὸς δὲ ἑκάστου πάτασσεν,	et le cœur de chacun battait,
ἱεμένων νίκης·	*de chacun d'eux* désirant la victoire :
κέκλοντο δὲ	et ils encourageaient
ἕκαστος οἷσιν ἵπποις,	chacun leurs chevaux,
οἱ δὲ κονίοντες	et eux soulevant-la-poussière
πέτοντο πεδίοιο.	volaient par-la-plaine.
Ἀλλὰ ὅτε δὴ	Mais lorsque certes
ἵπποι ὠκέες	les chevaux rapides
τέλεον δρόμον πύματον	achevaient la course extrême
ἂψ ἐπὶ ἁλὸς πολιῆς,	de retour vers la mer blanche,
τότε δὴ ἀρετὴ ἑκάστου	alors certes la valeur de chacun
φαίνετό γε,	paraissait du moins,
ἄφαρ δὲ δρόμος	et aussitôt la course
τάθη ἵπποισιν·	fut allongée aux chevaux ;
ἔπειτα δὲ αἱ ἵπποι	et ensuite les cavales
ποδωκέες	aux-pieds-rapides
Φηρητιάδαο	du petit-fils-de-Phérès
ἔκφερον ὦκα.	s'emportaient rapidement.
Ἵπποι δὲ ἄρσενες Τρώϊοι	Or les chevaux mâles de-Tros
Διομήδεος	de Diomède
ἐξέφερον μετὰ τάς·	s'emportaient après elles ;
οὐδὲ ἔσαν τι πολλὸν ἄνευθεν,	et elles n'étaient en-rien fort loin,
ἀλλὰ μάλα ἐγγύς·	au contraire très près ;
ἐΰκτην γὰρ αἰεὶ	car ils ressemblaient toujours
ἐπιβησομένοισιν δίφρου,	à *ceux* allant-monter sur le char,
μετάφρενον δὲ Εὐμήλοιο	et le dos d'Eumèle
ὤμω τε εὐρέε	et *ses* deux-épaules larges
θέρμετο πνοιῇ·	étaient échauffés par *leur* souffle ;
πετέσθην γὰρ,	car ils volaient-tous-deux,
καταθέντε κεφαλὰς ἐπὶ αὐτῷ.	ayant appliqué *leur* tête sur lui.
Καί νυ ἤ κε παρέλασσεν,	Et donc ou il *l*'eût dépassé,
ἢ ἔθηκεν ἀμφήριστον,	ou il *l*'eût placé égal-à-lui,

εἰ μὴ Τυδέος υἷι κοτέσσατο Φοῖβος Ἀπόλλων,
ὅς ῥά οἱ ἐκ χειρῶν ἔβαλεν μάστιγα φαεινήν.
Τοῖο δ' ἀπ' ὀφθαλμῶν χύτο δάκρυα χωομένοιο,   385
οὕνεκα τὰς μὲν ὅρα ἔτι καὶ πολὺ μᾶλλον ἰούσας,
οἱ δέ οἱ ἐβλάφθησαν, ἄνευ κέντροιο θέοντες.
Οὐδ' ἄρ' Ἀθηναίην ἐλεφηράμενος λάθ' Ἀπόλλων
Τυδείδην, μάλα δ' ὦκα μετέσσυτο ποιμένα λαῶν·
δῶκε δέ οἱ μάστιγα, μένος δ' ἵπποισιν ἐνῆκεν.   390
Ἡ δὲ μετ' Ἀδμήτου υἱὸν κοτέουσ' ἐβεβήκει,
ἵππειον δέ οἱ ἦξε θεὰ ζυγόν· αἱ δέ οἱ ἵπποι
ἀμφὶς ὁδοῦ δραμέτην, ῥυμὸς δ' ἐπὶ γαῖαν ἐλύσθη·
αὐτὸς δ' ἐκ δίφροιο παρὰ τροχὸν ἐξεκυλίσθη,
ἀγκῶνάς τε περιδρύφθη, στόμα τε ῥῖνάς τε·   395
θρυλλίχθη δὲ μέτωπον ἐπ' ὀφρύσι· τὼ δέ οἱ ὄσσε
δακρυόφι πλῆσθεν, θαλερὴ δέ οἱ ἔσχετο φωνή.
Τυδείδης δὲ παρατρέψας ἔχε μώνυχας ἵππους,
πολλὸν τῶν ἄλλων ἐξάλμενος· ἐν γὰρ Ἀθήνη

sans Phébus Apollon, qui, irrité contre lui, fait tomber de ses mains le fouet éclatant. Des larmes de dépit coulent des yeux du héros, lorsqu'il voit les cavales de son rival courir avec plus de vitesse encore, tandis que ses chevaux, qui ne sont plus excités par l'aiguillon, ont ralenti leur ardeur. Minerve s'aperçoit de l'artifice par lequel Apollon a déjoué les efforts du fils de Tydée, court vite après Diomède, pasteur des peuples, lui rend son fouet, et donne une nouvelle vigueur à ses coursiers. Puis la déesse irritée poursuit le fils d'Admète, et brise le joug de ses cavales. Alors elles courent toutes deux en s'écartant de la voie : le timon se brise et tombe par terre, et le guerrier roule lui-même du haut de son siége non loin des roues, en se meurtrissant les bras, la bouche et le nez, et se blessant au front, au dessus des sourcils. Ses yeux s'emplissent de larmes, et la voix lui manque. Cependant le fils de Tydée l'a bientôt dépassé avec ses coursiers au dur sabot; il s'élance bien avant tous les autres. C'est

εἰ Φοῖβος Ἀπόλλων	si Phébus Apollon
μὴ κοτέσσατο υἷϊ Τυδέος,	n'eût été irrité contre le fils de Tydée,
ὅς ῥα ἔϐαλεν ἐκ χειρῶν οἱ	lequel *dieu* certes jeta des mains à lui
μάστιγα φαεινήν.	le fouet brillant.
Δάκρυα δὲ χύτο ἀπὸ ὀφθαλμῶν	Or des larmes coulèrent des yeux
τοῖο χωομένοιο,	de lui étant indigné,
οὕνεκα ὅρα τὰς μὲν	parce que il voyait celles-ci
ἰούσας καὶ ἔτι	allant même encore
πολὺ μᾶλλον,	beaucoup plus,
οἱ δέ οἱ ἐϐλάφθησαν,	et *que* ceux à lui furent empêchés,
θέοντες ἄνευ κέντροιο.	courant sans aiguillon.
Οὐδὲ ἄρα Ἀπόλλων	Et certes Apollon
λάθεν Ἀθηναίην	n'échappa point à Minerve
ἐλεφηράμενος Τυδείδην,	ayant déçu le fils-de-Tydée,
μετέσσυτο δὲ μάλα ὦκα	mais elle suivit très vite
ποιμένα λαῶν·	● le pasteur des peuples ;
δῶκε δέ οἱ μάστιγα,	et donna à lui *son* fouet,
ἐνῆκε δὲ μένος ἵπποισιν.	et inspira de l'ardeur aux chevaux.
Ἡ δὲ κοτέουσα	Or elle étant irritée
ἐϐεϐήκει μετὰ υἱὸν Ἀδμήτου,	marchait derrière le fils d'Admète,
θεὰ δὲ ἦξέν οἱ	et la déesse brisa à lui
ζυγὸν ἵππειον·	le joug des-chevaux ;
αἱ δὲ ἵπποι δραμέτην οἱ	et les cavales coururent à lui
ἀμφὶς ὁδοῦ,	des-deux-côtés de la route,
ῥυμὸς δὲ ἐλύσθη ἐπὶ γαῖαν·	et le timon roula-brisé sur la terre ;
αὐτὸς δὲ ἐξεκυλίσθη	et *lui*-même fut précipité-roulant
ἐκ δίφροιο παρὰ τροχόν,	du char auprès de la roue,
περιδρύφθη τε ἀγκῶνας.	et il fut écorché aux coudes,
στόμα τε ῥῖνάς τε·	et à la bouche et au nez ;
θρυλλίχθη δὲ μέτωπον	et il fut fracassé au front
ἐπὶ ὀφρύσι·	ur les sourcils ;
τὼ δὲ ὄσσε οἱ	et les deux yeux à lui
πλῆσθεν δακρυόφι,	furent remplis de larmes,
φωνὴ δὲ θαλερὴ	et la voix sonore
ἐσχετό οἱ.	fut comprimée à lui.
Τυδείδης δὲ ἔχε	Mais le fils-de-Tydée tenait
παρατρέψας	ayant tourné-à-côté
ἵππους μώνυχας,	*ses* chevaux solipèdes,
ἐξάλμενος πολλὸν τῶν ἄλλων·	ayant devancé beaucoup les autres ;
Ἀθήνη γὰρ ἐνῆκε	car Minerve inspira

ILIADE XXIII.   3

ἵπποις ἧκε μένος, καὶ ἐπ' αὐτῷ κῦδος ἔθηκε.   400
Τῷ δ' ἄρ' ἐπ' Ἀτρείδης εἶχε ξανθὸς Μενέλαος.
Ἀντίλοχος δ' ἵπποισιν ἐκέκλετο πατρὸς ἑοῖο·
   « Ἔμβητον, καὶ σφῶϊ τιταίνετον ὅττι τάχιστα.
Ἤτοι μὲν κείνοισιν ἐριζέμεν οὔτι κελεύω,
Τυδείδεω ἵπποισι δαΐφρονος, οἷσιν Ἀθήνη   405
νῦν ὤρεξε τάχος, καὶ ἐπ' αὐτῷ κῦδος ἔθηκεν·
ἵππους δ' Ἀτρείδαο κιχάνετε, μηδὲ λίπησθον,
καρπαλίμως, μή σφῶϊν ἐλεγχείην καταχεύῃ
Αἴθη, θῆλυς ἐοῦσα. Τίη λείπεσθε, φέριστοι;
Ὧδε γὰρ ἐξερέω, καὶ μὴν τετελεσμένον ἔσται·   410
οὐ σφῶϊν κομιδὴ παρὰ Νέστορι ποιμένι λαῶν
ἔσσεται, αὐτίκα δ' ὔμμε κατακτενεῖ ὀξέϊ χαλκῷ,
αἴ κ' ἀποκηδήσαντε φερώμεθα χεῖρον ἄεθλον·
ἀλλ' ἐφομαρτεῖτον, καὶ σπεύδετον ὅττι τάχιστα.
Ταῦτα δ' ἐγὼν αὐτὸς τεχνήσομαι ἠδὲ νοήσω,   415
στεινωπῷ ἐν ὁδῷ παραδύμεναι, οὐδέ με λήσει. »

Minerve qui anime ses chevaux et qui lui procure cette gloire à lui-
même. Après lui, c'est le fils d'Atrée, le blond Ménélas; et enfin
Antiloque, qui encourage ainsi les coursiers de son père :

   « Allez, et hâtez votre course rapide! Je n'exige pas que vous
luttiez de vitesse avec les chevaux du belliqueux fils de Tydée; car
c'est Minerve qui les anime, et qui veut donner cette gloire à Diomède.
Mais atteignez au plus vite les chevaux du fils d'Atrée, et ne restez
pas en arrière. Ce serait honteux pour vous, si vous étiez dépassés
par Éthé, qui n'est qu'une cavale. Pourquoi vous laisser vaincre,
vous les plus vaillants des coursiers? Je vous en préviens, et la me-
nace ne sera pas vaine : vous n'aurez plus rien à attendre de Nestor,
pasteur des peuples, qui vous fera tomber sous le tranchant du fer,
si par votre négligence nous ne remportons qu'un prix inférieur. Mais
poursuivez Ménélas et courez en toute hâte. Moi je vais user de ruse
et aviser aux moyens de le dépasser, à l'endroit où le chemin se
resserre : je n'y manquerai pas. »

μένος ἵπποις,	de l'ardeur aux chevaux,
καὶ ἐπέθηκεν αὐτῷ κῦδος.	et plaça-sur lui de la gloire.
Ἀτρείδης δὲ ἄρα	Or le fils-d'Atrée certes
Μενέλαος ξανθὸς	Ménélas blond
εἶχεν ἐπὶ τῷ.	avait *ses chevaux* après lui.
Ἀντίλοχος δὲ ἐκέκλετο	Et Antiloque exhortait
ἵπποισιν ἑοῖο πατρός·	les chevaux de son père :
« Ἔμβητον,	« Avancez,
καὶ σφῶϊ τιταίνετον	et vous-deux allongez-*le-pas*
ὅττι τάχιστα.	le plus rapidement *possible*.
Ἤτοι μὲν οὔτι κελεύω	Et certes je ne *vous* ordonne pas
ἐριζέμεν κείνοισιν,	de lutter-contre ceux-ci,
ἵπποισι	*contre* les chevaux
Τυδείδεω δαΐφρονος,	du fils-de-Tydée belliqueux,
οἷσιν Ἀθήνη ὤρεξε	auxquels Minerve a procuré
νῦν τάχος,	aujourd'hui la vitesse,
καὶ ἐπέθηκεν αὐτῷ κῦδος·	et a placé-sur lui-même de la gloire;
κιχάνετε δὲ καρπαλίμως	mais atteignez sur-le-champ
ἵππους Ἀτρείδαο,	les chevaux du fils-d'Atrée,
μηδὲ λίπησθον,	et n'ayez pas été laissés-*en-arrière*,
μὴ Αἴθη καταχεύῃ	de peur que Ethé ne déverse
ἐλεγχείην σφῶϊν,	de la honte à vous-deux,
ἐοῦσα θῆλυς.	*Ethé* étant femelle.
Τίη φέριστοι	Pourquoi, excellents,
λείπεσθε ;	êtes-vous laissés-*en-arrière* ?
Ἐξερέω γὰρ ὧδε,	Car je dirai ainsi,
καὶ μὴν ἔσται τετελεσμένον	et certes *cela* sera ayant été accompli;
οὐκ ἔσσεται κομιδή σφῶϊν	il ne sera pas de soin pour vous
παρὰ Νέστορι ποιμένι λαῶν,	chez Nestor pasteur des peuples,
αὐτίκα δὲ κατακτενεῖ ὕμμε	mais aussitôt il tuera vous
χαλκῷ ὀξέϊ,	avec l'airain aigu,
αἱ κεν ἀποκηδήσαντε	si ayant agi-négligemment
φερώμεθα ἄεθλον χεῖρον·	nous remportons un prix inférieur;
ἀλλὰ ἐφομαρτεῖτον,	mais suivez-tous-deux,
καὶ σπεύδετον ὅττι τάχιστα.	et hâtez-vous le plus vite *possible*
Ἐγὼ δὲ αὐτὸς τεχνήσομαι	Et moi-même je machinerai
ἠδὲ νοήσω ταῦτα,	et j'imaginerai ces-choses,
παρκδύμεναι	de me glisser-furtivement
ἐν ὁδῷ στεινωπῷ,	dans un passage étroit,
οὐδὲ λήσει με. »	et *cela* n'échappera pas à moi. »

Ὣς ἔφαθ'· οἱ δὲ ἄνακτος ὑποδείσαντες ὁμοκλὴν,
μᾶλλον ἐπεδραμέτην ὀλίγον χρόνον · αἶψα δ' ἔπειτα
στεῖνος ὁδοῦ κοίλης ἴδεν Ἀντίλοχος μενεχάρμης·
ῥωχμὸς ἔην γαίης, ᾗ χειμέριον ἀλὲν ὕδωρ   420
ἐξέῤῥηξεν ὁδοῖο, βάθυνε δὲ χῶρον ἅπαντα ·
τῇ ῥ' εἶχεν Μενέλαος, ἁματροχιὰς ἀλεείνων.
Ἀντίλοχος δὲ παρατρέψας ἔχε μώνυχας ἵππους
ἐκτὸς ὁδοῦ, ὀλίγον δὲ παρακλίνας ἐδίωκεν.
Ἀτρείδης δ' ἔδδεισε, καὶ Ἀντιλόχῳ ἐγεγώνει ·   425
   « Ἀντίλοχ', ἀφραδέως ἱππάζεαι · ἀλλ' ἄνεχ' ἵππους ·
στεινωπὸς γὰρ ὁδὸς, τάχα δ' εὐρυτέρη παρελάσσεις ·
μήπως ἀμφοτέρους δηλήσεαι, ἅρματι κύρσας. »
Ὣς ἔφατ'· Ἀντίλοχος δ' ἔτι καὶ πολὺ μᾶλλον ἔλαυνε,
κέντρῳ ἐπισπέρχων, ὡς οὐκ ἀΐοντι ἐοικώς.   430
Ὅσσα δὲ δίσκου οὖρα κατωμαδίοιο πέλονται,
ὅντ' αἰζηὸς ἀφῆκεν ἀνὴρ, πειρώμενος ἥβης,
τόσσον ἐπεδραμέτην · αἱ δ' ἠρώησαν ὀπίσσω

Il dit ; et les coursiers, effrayés par les menaces de leur maître, coururent quelque temps avec plus de vigueur. Aussitôt après, le belliqueux Antiloque aperçoit le point où la voie se creuse et se rétrécit : c'est un chemin défoncé par les pluies de l'hiver qui en ont emporté une partie, et qui ont converti la route en un ravin profond. C'est par là que se dirige Ménélas, cherchant à éviter tout conflit entre les chars. Mais Antiloque, conduisant en dehors du chemin ses coursiers au dur sabot, le poursuit en appuyant un peu de côté. Alors le fils d'Atrée s'effraie, et crie à Antiloque :

« Antiloque, tu lances ton char en téméraire ; retiens tes chevaux : le chemin est étroit ; il sera bientôt plus large, et tu pourras alors me devancer. Mais prends garde de nous perdre tous les deux, en atteignant mon char. »

Il dit ; mais Antiloque se lance avec plus de rapidité encore, aiguillonnant ses coursiers, et feignant de ne pas entendre. Il franchit en un instant l'espace que mesurerait le disque lancé par le bras d'un jeune homme qui essaie ses forces ; et les cavales du fils d'Atrée se retirent

Ἔφατο ὥς·	Il dit ainsi :
οἱ δὲ ὑποδδείσαντες	ceux-ci ayant craint
ὁμοκλὴν ἄνακτος,	la menace de *leur* maître,
ἐπεδραμέτην μᾶλλον	coururent davantage
χρόνον ὀλίγον·	un temps peu-nombreux ;
αἶψα δὲ ἔπειτα	et aussitôt après
Ἀντίλοχος μενεχάρμης	Antiloque intrépide
ἴδε στεῖνος ὁδοῦ κοίλης·	vit le défilé de la route creuse :
ῥωχμὸς γαίης ἔην,	une déchirure de terrain était,
ᾗ ὕδωρ χειμέριον ἀλὲν	où l'eau de-l'hiver enfermée
ἐξέρρηξεν ὁδοῖο,	brisa la route,
βάθυνε δὲ χῶρον ἅπαντα·	et creusa l'endroit entier :
τῇ ῥα Μενέλαος εἶχεν,	par là certes Ménélas dirigeait,
ἀλεείνων ἁματροχιάς.	évitant les rencontres-de-chars.
Ἀντίλοχος δὲ παρατρέψας	Mais Antiloque ayant fait-tourner
ἔχε ἵππους μώνυχας	dirigeait *ses* chevaux solipèdes
ἐκτὸς ὁδοῦ,	hors de la route,
ἐδίωκε δὲ παρακλίνας ὀλίγον.	et poursuivait ayant-penché un peu.
Ἀτρείδης δὲ ἔδδεισε,	Mais le fils-d'Atrée craignit,
καὶ ἐγεγώνει Ἀντιλόχῳ·	et criait à Antiloque :
« Ἀντίλοχε, ἱππάζεαι	« Antiloque, tu mènes-tes-chevaux
ἀφραδέως·	inconsidérément ;
ἀλλὰ ἄνεχε ἵππους·	mais contiens *tes* chevaux :
ὁδὸς γὰρ στεινωπὸς,	car la route *est* étroite,
παρελάσσεις δὲ τάχα	et tu *me* dépasseras bientôt
εὐρυτέρῃ·	par-une-plus-large ;
μήπως δηλήσεαι ἀμφοτέρους,	ne *nous* aie pas blessés tous-deux,
κύρσας ἅρματι. »	heurtant-contre *mon* char. »
Ἔφατο ὥς·	Il dit ainsi :
Ἀντίλοχος δὲ ἔλαυνεν	mais Antiloque poussait
ἔτι καὶ πολὺ μᾶλλον,	encore même beaucoup plus,
ἐπισπέρχων κέντρῳ,	pressant *ses chevaux* de l'aiguillon,
ὡς ἐοικὼς	comme ressemblant
οὐκ ἀΐοντι.	à *celui* n'entendant pas.
Ὅσσα δὲ πέλονται οὖρα	Or aussi-grandes sont les distances
δίσκου κατωμαδίοιο,	du disque *lancé-du-haut-de-l'épaule*,
ὅντε ἀφῆκεν ἀνὴρ αἰζηὸς	que jeta un homme jeune-et-fort,
πειρώμενος ἥβης,	essayant *sa* jeunesse,
τόσσον ὑπεδραμέτην·	autant *d'espace* ils parcoururent ;
αἱ δὲ Ἀτρείδεω	et les *cavales* du fils-d'Atrée

Ἀτρείδεω · αὐτὸς γὰρ ἑκὼν μεθέηκεν ἐλαύνειν,
μήπως συγκύρσειαν ὁδῷ ἔνι μώνυχες ἵπποι,   435
δίφρους τ' ἀνστρέψειαν ἐϋπλεκέας, κατὰ δ' αὐτοὶ
ἐν κονίῃσι πέσοιεν, ἐπειγόμενοι περὶ νίκης.
Τὸν καὶ νεικείων προσέφη ξανθὸς Μενέλαος ·
« Ἀντίλοχ', οὔτις σεῖο βροτῶν ὀλοώτερος ἄλλος.
Ἔρρ' · ἐπεὶ οὔ σ' ἔτυμόν γε φάμεν πεπνῦσθαι Ἀχαιοί.   440
Ἀλλ' οὐ μὰν οὐδ' ὣς ἄτερ ὅρκου οἴσῃ ἄεθλον¹.»
Ὣς εἰπών, ἵπποισιν ἐκέκλετο, φώνησέν τε ·
« Μή μοι ἐρύκεσθον, μηδ' ἕστατον ἀχνυμένω κῆρ ·
φθήσονται τούτοισι πόδες καὶ γοῦνα καμόντα
ἢ ὑμῖν · ἄμφω γὰρ ἀτέμβονται νεότητος. »   445
Ὣς ἔφαθ' · οἱ δὲ ἄνακτος ὑποδδείσαντες ὁμοκλὴν,
μᾶλλον ἐπεδραμέτην, τάχα δέ σφισιν ἄγχι γένοντο.
Ἀργεῖοι δ' ἐν ἀγῶνι καθήμενοι εἰσορόωντο
ἵππους · τοὶ δὲ πέτοντο κονίοντες πεδίοιο.

en arrière. Il renonce de lui-même à les faire avancer, dans la crainte
d'engager dans la même voie les coursiers au dur sabot et de briser
les chars solides , d'où seraient tombés dans la poussière les deux
rivaux , en se disputant la victoire. Aussi le blond Ménélas lui dit
d'un ton de reproche :

« Antiloque , tu es le plus dangereux des hommes. Malheur à toi!
C'est à tort que nous autres Grecs nous t'attribuons la sagesse. Mais
ce ne sera certainement pas sans prononcer un serment que tu remporteras le prix. »

Après ces mots, il dit à ses coursiers qu'il encourage : « Ne vous
ralentissez pas ; ne cédez point à votre douleur. Leurs pieds et leurs
jarrets se fatigueront avant les vôtres : ils ont tous les deux perdu la
vigueur de la jeunesse. »

Il dit ; et saisis de crainte à la voix de leur maître , ils couraient
plus fort , et bientôt ils allaient atteindre Antiloque.

Cependant les Grecs, assis dans l'enceinte , contemplent les coursiers, qui volent soulevant la poussière dans la plaine. Idoménée ,

ἡρώησαν ὀπίσσω· s'élancèrent en arrière ;
αὐτὸς γὰρ μεθέηκεν ἐλαύνειν, car lui-même renonça à *les* pousser,
μήπως ἵπποι μώνυχες de peur que les chevaux solipèdes
συγκύρσειαν ἐνὶ ὁδῷ, ne se rencontrassent dans le chemin,
ἀνστρέψειάν τε et ne bouleversassent
δίφρους ἐϋπλεκέας, les chars bien-joints,
καταπέσοιεν δὲ αὐτοὶ et *que* ils ne tombassent eux-mêmes
ἐν κονίῃσιν, dans la poussière,
ἐπειγόμενοι περὶ νίκης. s'empressant pour la victoire.
Καὶ Μενέλαος ξανθός Et Ménélas blond
νεικείων προσέφη τόν· gourmandant dit-à lui :
« Ἀντίλοχε, « Antiloque,
οὔτις ἄλλος βροτῶν personne autre des mortels
ὀλοώτερος σεῖο. n'*est* plus pernicieux *que* toi.
Ἔῤῥε· Va (sois maudit) ;
ἐπεὶ Ἀχαιοὶ car *nous autres* Achéens
οὐ φάμεν ἔτυμόν γε nous n'avons pas dit vrai du moins
σε πεπνῦσθαι. *en disant* toi être-sagement-inspiré.
Ἀλλὰ οὐκ οἴσῃ μὰν ἄεθλον Mais tu n'emporteras pas certes le prix
οὐδὲ ὣς ἄτερ ὅρκου. » pas même ainsi sans serment. »
Εἰπὼν ὥς, Ayant dit ainsi,
ἐκέκλετο ἵπποισι, il encouragea *ses* chevaux,
φώνησέ τε· et prononça *ces paroles :*
« Μὴ ἐρύκεσθόν μοι, « Ne vous arrêtez pas à moi,
μηδὲ ἔστατον et ne restez pas
ἀχνυμένω κῆρ· étant affligés *dans* le cœur ;
πόδες καὶ γοῦνα τούτοισι les pieds et les genoux à ceux-ci
φθήσονται καμόντα devanceront s'étant fatigués
ἢ ὑμῖν· *plus tôt* que à vous ;
ἄμφω γὰρ car tous-les-deux
ἀτέμβονται νεότητος. » sont frustrés de la jeunesse. »
Ἔφατο ὥς· Il dit ainsi ;
οἱ δὲ ὑποδδείσαντες et eux ayant craint
ὁμοκλὴν ἄνακτος, l'exhortation de *leur* maître,
ἐπεδραμέτην μᾶλλον, coururent davantage,
γένοντο δὲ τάχα ἄγχι σφίσιν. et devinrent bientôt près d'eux.
Καθήμενοι δὲ ἐν ἀγῶνι Or étant asssis dans le lieu-de-la-lutte
Ἀργεῖοι εἰσορόωντο ἵππους· les Argiens regardaient les chevaux ;
τοὶ δὲ πέτοντο et ceux-ci volaient
κονίοντες πεδίοιο. soulevant-la-poussière *dans* la plaine.

Πρῶτος δ᾽ Ἰδομενεὺς, Κρητῶν ἀγὸς, ἐφράσαθ᾽ ἵππους·   450
ἧστο γὰρ ἐκτὸς ἀγῶνος ὑπέρτατος ἐν περιωπῇ.
Τοῖο δ᾽, ἄνευθεν ἐόντος, ὁμοκλητῆρος ἀκούσας
ἔγνω· φράσσατο δ᾽ ἵππον ἀριπρεπέα.προΰχοντα,
ὃς τὸ μὲν ἄλλο τόσον φοίνιξ ἦν, ἐν δὲ μετώπῳ
λευκὸν σῆμ᾽ ἐτέτυκτο περίτροχον, ἠΰτε μήνη.   455
Στῆ δ᾽ ὀρθὸς, καὶ μῦθον ἐν Ἀργείοισιν ἔειπεν·

« Ὦ φίλοι, Ἀργείων ἡγήτορες ἠδὲ μέδοντες,
οἶος ἐγὼν ἵππους αὐγάζομαι, ἦε καὶ ὑμεῖς;
ἄλλοι μοι δοκέουσι παροίτεροι ἔμμεναι ἵπποι,
ἄλλος δ᾽ ἡνίοχος ἰνδάλλεται · αἱ δέ που αὐτοῦ   460
ἔβλαβεν ἐν πεδίῳ, αἳ κεῖσέ γε φέρτεραι ἦσαν.
Ἤτοι γὰρ τὰς πρῶτα ἴδον περὶ τέρμα βαλούσας,
νῦν δ᾽ οὔπη δύναμαι ἰδέειν · πάντη δέ μοι ὄσσε
Τρωϊκὸν ἀμ. πεδίον παπταίνετον εἰσορόωντι.
Ἠὲ τὸν ἡνίοχον φύγον ἡνία, οὐδὲ δυνάσθη   465
εὖ σχεθέειν περὶ τέρμα, καὶ οὐκ ἐτύχησεν ἑλίξας·

le chef dès Crétois, fut le premier qui reconnut les chevaux ; car il
était assis sur un tertre élevé, en dehors de l'enceinte. Il entend malgré la distance la voix de Diomède, et la reconnait. Il aperçoit un
cheval magnifique qui devance tous les autres : il est roux ; seulement il a sur le front une tache blanche, circulaire comme la lune.
Alors le héros se lève, et crie aux Grecs :

« Amis, chefs et souverains des Grecs, suis-je seul à voir les chevaux, et ne les apercevez-vous pas aussi ? Il me semble que ce sont
d'autres coursiers, que c'est un autre conducteur qu'on voit en avant.
Il sera sans doute arrivé dans la plaine quelque malheur aux cavales,
qui jusqu'ici l'ont toujours emporté sur les autres. Je les ai vues d'a-
bord se diriger vers la borne, et maintenant je ne puis plus les aper-
cevoir. C'est en vain que je promène mes regards sur toute la campagne troyenne ; il faut que les rênes aient échappé des mains d'Eumèle,
qui n'aura pas pu gouverner ses cavales près de la borne, et qui ne

Ἰδομενεὺς δὲ πρῶτος,   Et Idoménée le premier,
ἀγὸς Κρητῶν,   chef des Crétois,
ἐφράσατο ἵππους·   aperçut les chevaux ;
ἧστο γὰρ ἐκτὸς ἀγῶνος   car il était assis hors de la lice,
ὑπέρτατος   *étant* le plus élevé
ἐν περιωπῇ.   dans un-lieu-d'où-l'on-voit-autour.
Ἀκούσας δὲ   Et ayant entendu
τοῖο ὁμοκλητῆρος,   celui qui-encourageait,
ἐόντος ἄνευθεν,   *quoique* étant loin,
ἔγνω·   il *le* reconnut ;
φράσσατο δὲ ἵππον ἀριπρεπέα   et il aperçut un cheval magnifique
προὔχοντα,   étant-en-avant,
ὃς ἦν φοίνιξ τόσσον τὸ μὲν ἄλλο,   lequel était roux autant que le reste,
σῆμα δὲ λευκὸν,   mais un signe blanc,
περίτροχον ἠΰτε μήνη,   circulaire comme la lune,
ἐτέτυκτο ἐν μετώπῳ.   avait été façonné sur le front.
Στῆ δὲ ὀρθὸς,   Il se tint debout,
καὶ ἔειπε μῦθον ἐν Ἀργείοισιν·   et dit ce discours parmi les Argiens :
« Ὦ φίλοι, ἡγήτορες   « O amis, conducteurs
ἠδὲ μέδοντες Ἀργείων,   et souverains des Argiens,
αὐγάζομαι ἵππους ἐγὼν οἶος,   aperçois-je les chevaux moi seul,
ἦε καὶ ὑμεῖς ;   ou bien vous aussi ?
Ἄλλοι ἵπποι δοκέουσί μοι   D'autres chevaux semblent à moi
ἔμμεναι παροίτεροι,   être en-avant,
ἄλλος δὲ ἡνίοχος ἰνδάλλεται·   et un autre conducteur apparaît ;
αἱ δὲ ἔβλαβεν αὐτοῦ   et elles ont échoué là
που ἐν πεδίῳ,   quelque part dans la plaine,
αἳ ἦσάν γε   *celles* qui du moins
φέρτεραι κεῖσε.   étaient meilleures jusqu'ici.
Ἤτοι γὰρ ἴδον πρῶτα   Car certes j'ai vu d'abord
τὰς βαλούσας περὶ τέρμα,   elles s'étant jetées autour de la borne,
νῦν δὲ δύναμαι   mais à présent je ne puis
ἰδέειν οὔπη·   *les* voir nulle part ;
ὄσσε δὲ μοὶ εἰσορόωντι   et les yeux à moi regardant
παπταίνετον πάντη   se promenèrent partout
ἄμ. πεδίον Τρωϊκόν.   autour de la plaine Troyenne.
Ἠὲ ἡνία φύγον τὸν ἡνίοχον,   Ou les rênes ont échappé au cocher,
οὐδὲ δυνάσθη εὖ σχεθέειν   et il n'a pu bien tenir *ses chevaux*
περὶ τέρμα,   autour de la borne,
καὶ οὐκ ἐτύχησεν ἑλίξας·   et il n'a pas réussi ayant tourné :

3.

ἔνθα μιν ἐκπεσέειν ὀίω, σύν θ' ἅρματα ἄξαι·
αἱ δ' ἐξηρώησαν, ἐπεὶ μένος ἔλλαβε θυμόν.
Ἀλλὰ ἴδεσθε καὶ ὕμμες ἀνασταδόν· οὐ γὰρ ἔγωγε
εὖ διαγιγνώσκω· δοκέει δέ μοι ἔμμεναι ἀνὴρ   470
Αἰτωλὸς γενεὴν, μετὰ δ' Ἀργείοισιν ἀνάσσει,
Τυδέος ἱπποδάμου υἱὸς, κρατερὸς Διομήδης. »

    Τὸν δ' αἰσχρῶς ἐνένισπεν Ὀϊλῆος ταχὺς Αἴας·
« Ἰδομενεῦ, τί πάρος λαβρεύεαι; Αἱ δέ τ' ἄνευθεν
ἵπποι ἀερσίποδες πολέος πεδίοιο δίενται.   475
Οὔτε νεώτατός ἐσσι μετ' Ἀργείοισι τοσοῦτον,
οὔτε τοι ὀξύτατον κεφαλῆς ἐκ δέρκεται ὄσσε·
ἀλλ' αἰεὶ μύθοις λαβρεύεαι. Οὐδέ τί σε χρὴ
λαβραγόρην ἔμεναι· πάρα γὰρ καὶ ἀμείνονες ἄλλοι.
Ἵπποι δ' αὐταὶ ἔασι παροίτεραι, αἳ τοπάρος περ,   480
Εὐμήλου, ἐν δ' αὐτὸς ἔχων εὔληρα βέβηκε. »

    Τὸν δὲ χολωσάμενος Κρητῶν ἀγὸς ἀντίον ηὔδα·

l'aura pas heureusement tournée. Je crains qu'il ne soit tombé lui-
même, et que son char ne se soit brisé. Alors ses cavales, emportées
par leur ardeur, se seront lancées hors de l'arène. Mais levez-vous et
regardez vous-mêmes, car je ne distingue pas bien. Il me semble pourtant reconnaître le roi des Argiens, Diomède, le robuste Étolien, le
fils de Tydée, dompteur de coursiers. »

    L'agile Ajax, fils d'Oïlée, répond à Idoménée par ces outrages :
« Idoménée, pourquoi bavarder ainsi avant de rien savoir ? Les cavales courent là-bas d'un pied rapide à travers la vaste plaine. C'est
que tu n'es pas le plus jeune des Grecs, et que tu n'es pas doué des
yeux les plus clairvoyants ; mais tu veux toujours parler. Il ne te sied
pourtant pas de faire le beau parleur, surtout en présence de ceux
qui valent mieux que toi. Ce sont toujours les mêmes coursiers qui
sont en avant ; ce sont les cavales qu'Eumèle conduit lui-même, les
rênes en main. »

    Le chef des Crétois lui répond alors avec indignation : « Ajax, tu

ὀίω μιν ἐκπεσέειν ἔνθα	je pense lui être tombé là,
συνάξαι τε ἄρματα·	et avoir brisé *ses* chars ;
αἱ δὲ ἐξηρώησαν,	et les *cavales* ont dévié,
ἐπεὶ μένος ἔλλαβε θυμόν.	car la fureur *les* a prises au cœur.
Ἀλλὰ ἴδεσθε καὶ ὔμμες	Mais ayez vu aussi vous.
ἀνασταδόν·	en-vous-levant ;
ἔγωγε γὰρ	car moi du moins
οὐ διαγιγνώσκω εὖ·	je ne distingue pas bien :
ἀνὴρ δὲ Αἰτωλὸς	or un homme Etolien
γενεὴν	*par* la naissance
δοκέει μοι ἔμμεναι,	semble à moi être *vainqueur ;*
ἀνάσσει δὲ μετὰ Ἀργείοισιν,	or il commande parmi les Argiens,
υἱὸς Τυδέος	*c'est* le fils de Tydée
ἱπποδάμου,	dompteur-de-chevaux,
Διομήδης κρατερός. »	Diomède vaillant. »
Αἴας δὲ ταχὺς Ὀιλῆος	Mais Ajax rapide, *fils* d'Oïlée,
ἐνένισπεν αἰσχρῶς τόν·	dit outrageusement à lui ·
« Ἰδομενεῦ,	« Idoménée,
τί λαβρεύεαι πάρος ;	pourquoi bavardes-tu d'avance ?
Αἱ δέ τε ἵπποι	Mais les cavales
ἀερσίποδες	levant-les-pieds-haut
δίενται ἄνευθεν πεδίοιο πολέος·	fuient au loin *par* la plaine grande.
Οὔτε ἐσσὶ τοσοῦτον	Et tu n'es pas tellement
νεώτατος μετὰ Ἀργείοισιν,	le plus jeune parmi les Argiens,
οὔτε ὄσσε δέρκεταί σοι	et les yeux ne voient pas à toi
ὀξύτατον ἐκ κεφαλῆς·	très-clair de la tête ;
ἀλλὰ λαβρεύεαι	mais tu babilles
αἰεὶ μύθοις.	sans-cesse par des discours.
Οὐδὲ χρή τί	Or il ne faut en-rien
σε ἔμεναι λαβραγόρην·	toi être parleur-prompt ;
ἄλλοι γὰρ καὶ ἀμείνονες πάρα.	car d'autres même meilleurs *sont* là.
Ἵπποι δὲ αὐταὶ,	Et les cavales les mêmes,
αἳ τοπάρος περ,	lesquelles auparavant certes,
ἔασι παροίτεραι,	sont en-avant,
Εὐμήλου,	*ce sont celles* d'Eumèle,
αὐτὸς δὲ βέβηκεν	et lui-même il s'est avancé
ἔχων εὔληρα ἐν. »	ayant les rênes dessus. »
Ἀγὸς δὲ Κρητῶν	Mais le chef des Crétois
χολωσάμενος	s'étant irrité
ηὔδα ἀντίον τόν·	parla en face à lui :

« Αἶαν, νείκεϊ ἄριστε, κακοφραδὲς (ἄλλα τε πάντα
δεύεαι Ἀργείων), ὅτι τοι νόος ἐστὶν ἀπηνής.
Δεῦρό νυν, ἢ τρίποδος περιδώμεθον ἠὲ λέβητος·   485
ἵστορα δ᾽ Ἀτρείδην Ἀγαμέμνονα θείομεν ἄμφω,
ὁππότεραι πρόσθ᾽ ἵπποι, ἵνα γνοίης ἀποτίνων. »

  Ὣς ἔφατ᾽· ὤρνυτο δ᾽ αὐτίκ᾽ Ὀϊλῆος ταχὺς Αἴας,
χωόμενος, χαλεποῖσιν ἀμείψασθαι ἐπέεσσι.
Καί νύ κε δὴ προτέρω ἔτ᾽ ἔρις γένετ᾽ ἀμφοτέροισιν,   490
εἰ μὴ Ἀχιλλεὺς αὐτὸς ἀνίστατο, καὶ φάτο μῦθον·

  « Μηκέτι νῦν χαλεποῖσιν ἀμείβεσθον ἐπέεσσιν,
Αἶαν, Ἰδομενεῦ τε, κακοῖς· ἐπεὶ οὐδὲ ἔοικε·
καὶ δ᾽ ἄλλῳ νεμεσᾶτον, ὅτις τοιαῦτά γε ῥέζοι.
Ἀλλ᾽ ὑμεῖς ἐν ἀγῶνι καθήμενοι εἰσοράασθε   495
ἵππους· οἱ δὲ τάχ᾽ αὐτοὶ ἐπειγόμενοι περὶ νίκης
ἐνθάδ᾽ ἐλεύσονται· τότε δὲ γνώσεσθε ἕκαστος
ἵππους Ἀργείων, οἳ δεύτεροι, οἵ τε πάροιθεν. »

  Ὣς φάτο· Τυδείδης δὲ μάλα σχεδὸν ἦλθε διώκων,

es toujours le premier à quereller, à insulter les autres; tu es du reste
le dernier des Grecs, et tu n'as pour toi que ton insolence! Eh bien!
maintenant déposons là un trépied ou un bassin pour gage, et rappor-
tons-nous-en tous les deux au fils d'Atrée, Agamemnon, qui va t'ap-
prendre à tes dépens, quels sont les chevaux qui s'avancent les premiers. »

A ces mots, l'impétueux Ajax, fils d'Oïlée, se lève irrité pour répondre des injures, et déjà une querelle allait s'élever entre eux,
quand Achille intervint lui-même en disant :

« Cessez de vous outrager l'un l'autre, Ajax et Idoménée; une
telle conduite ne vous convient pas. Vous blâmeriez vous-mêmes
un autre qui en agirait ainsi. Restez plutôt dans l'assemblée, tran-
quilles spectateurs de la course. Les rivaux viendront bientôt ici eux-
mêmes se disputer le prix; c'est alors que vous distinguerez, parmi
les coursiers des Grecs, quels sont les derniers et quels sont les premiers. »

Il dit. Soudain le fils de Tydée approche avec ses chevaux, qu'il

« Αἶαν, ἄριστε νείκει,   « Ajax, le plus brave à l'injure,

κακοφραδὲς   pensant-mal,

(δεύεαί τε Ἀργείων   (et tu es-inférieur aux Argiens

πάντα ἄλλα),   pour toutes les autres-choses),

ὅτι νόος ἀπηνής ἐστί τοι.   parce que un esprit cruel est à toi.

Περιδώμεθόν νυν δεῦρο   Soyons-nous engagés à présent ici

ἢ τρίποδος ἠὲ λέβητος·   ou pour un trépied ou pour un bassin;

θείομεν δὲ ἄμφω   et ayons placé tous-deux

Ἀγαμέμνονα Ἀτρείδην   Agamemnon fils-d'Atrée

ἵστορα,   *comme* arbitre,

ὁππότεραι ἵπποι πρόσθεν,   lesquels des chevaux *sont* en avant,

ἵνα γνοίης ἀποτίνων. »   afin que tu aies su en payant. »

  Ἔφατο ὥς·   Il dit ainsi :

Αἴας δὲ ταχὺς Ὀϊλῆος   et Ajax rapide, *fils* d'Oïlée,

ὥρνυτο αὐτίκα χωόμενος,   s'élança aussitôt étant irrité,

ἀμείψασθαι   pour répondre

ἐπέεσσι χαλεποῖσι.   par des paroles dures.

Καί νυν ἔρις κε γένετο   Et déjà une querelle fût devenue

ἀμφοτέροισι δὴ ἔτι προτέρω,   à eux-deux certes encore plus avant,

εἰ Ἀχιλλεὺς αὐτὸς μὴ ἀνίστατο,   si Achille lui-même ne se fut levé,

καὶ φάτο μῦθον·   et n'eût dit *ce* discours :

  « Μηκέτι ἀμείβεσθον νῦν   « Ne vous répondez plus à présent

ἐπέεσσι χαλεποῖσι, κακοῖς,   par des paroles dures, mauvaises,

Αἶαν Ἰδομενεῦ τε·   Ajax et Idoménée ;

ἐπεὶ οὐδὲ ἔοικε·   puisque il ne convient pas ;

καὶ δὲ νεμεσᾶτον   et vous vous indigneriez

ἄλλῳ,   *contre* un autre,

ὅτις γε ῥέζοι τοιαῦτα.   qui certes ferait de telles-choses.

Ἀλλὰ ὑμεῖς   Mais vous,

καθήμενοι ἐν ἀγῶνι   étant assis dans l'assemblée,

εἰσοράασθε ἵππους·   regardez les chevaux ;

οἱ δὲ αὐτοὶ ἐλεύσονται τάχα ἐνθάδε,   et eux-mêmes viendront bientôt ici,

ἐπειγόμενοι περὶ νίκης·   s'empressant pour la victoire;

τότε δὲ γνώσεσθε ἕκαστος   et alors vous reconnaîtrez chacun

ἵππους Ἀργείων,   les chevaux des Argiens,

οἱ δεύτεροι,   *quels sont* les seconds,

οἵ τε πάροιθεν. »   et *quels sont* ceux en-avant. »

  Φάτο ὥς·   Il dit ainsi :

Τυδείδης δὲ διώκων   or le fils-de-Tydée poursuivant

ἦλθε μάλα σχεδὸν,   vint très près,

μάστι δ' αἰὲν ἔλαυνε κατωμαδόν· οἱ δέ οἱ ἵπποι   500
ὑψόσ' ἀειρέσθην, ῥίμφα πρήσσοντε κέλευθον.
Αἰεὶ δ' ἡνίοχον κονίης ῥαθάμιγγες ἔβαλλον·
ἅρματα δὲ, χρυσῷ πεπυκασμένα κασσιτέρῳ τε,
ἵπποις ὠκυπόδεσσιν ἐπέτρεχον· οὐδέ τι πολλὴ
γίγνετ' ἐπισσώτρων ἁρματροχιὴ κατόπισθεν   505
ἐν λεπτῇ κονίῃ· τὼ δὲ σπεύδοντε πετέσθην.
Στῆ δὲ μέσῳ ἐν ἀγῶνι· πολὺς δ' ἀνεκήκιεν ἱδρὼς
ἵππων, ἔκ τε λόφων καὶ ἀπὸ στέρνοιο χαμᾶζε.
Αὐτὸς δ' ἐκ δίφροιο χαμαὶ θόρε παμφανόωντος,
κλῖνε δ' ἄρα μάστιγα ποτὶ ζυγόν. Οὐδὲ μάτησεν   510
ἴφθιμος Σθένελος, ἀλλ' ἐσσυμένως λάβ' ἄεθλον·
δῶκε δ' ἄγειν ἑτάροισιν ὑπερθύμοισι γυναῖκα,
καὶ τρίποδ' ὠτώεντα φέρειν· ὁ δ' ἔλυεν ὑφ' ἵππους.

Τῷ δ' ἄρ' ἐπ' Ἀντίλοχος Νηλήϊος ἤλασεν ἵππους,
κέρδεσιν, οὔτι τάχει γε, παραφθάμενος Μενέλαον·   515
ἀλλὰ καὶ ὣς Μενέλαος ἔχ' ἐγγύθεν ὠκέας ἵππους.

presse à coups de fouet sur les épaules, et qui, lancés à toute bride,
dévorent l'espace en couvrant leur guide de poussière. Les coursiers
aux pieds rapides traînent après eux le char enrichi d'or et d'étain
habilement travaillé, et c'est à peine si le cercle des roues laisse derrière lui sa trace, sur la fine poussière de la plaine; tant les deux
chevaux volent avec rapidité! Diomède s'arrête au milieu de l'arène.
La sueur dont ses chevaux sont baignés découle le long de leur cou et
de leur poitrail jusqu'à terre. Il s'élance lui-même en bas de son char
brillant, et appuie le fouet sur le joug. Le vaillant Sthénélus ne se
fait pas attendre, et court chercher le prix du vainqueur; puis il
confie la captive et le trépied à deux anses aux magnanimes compagnons de Diomède, et dételle les chevaux du char.

Derrière lui vient avec ses coursiers Antiloque, petit-fils de Nélée,
vainqueur de Ménélas, grâce à son adresse plutôt qu'à la vitesse de
son char. Mais les rapides chevaux de Ménélas le suivent de près,

ἔλαυνε δὲ αἰὲν μάστι	et il poussait toujours avec-le-fouet
κατωμαδόν·	*ses chevaux* sur-les-épaules ;
οἱ δὲ ἵπποι οἱ	et les chevaux à lui
ἀειρέσθην ὑψόσε,	s'enlevaient en l'air,
πρήσσοντε ῥίμφα κέλευθον.	parcourant précipitamment la route.
'Ραθάμιγγες δὲ κονίης	Et des gouttes (grains) de poussière
ἔβαλλον αἰεὶ ἡνίοχον·	frappaient toujours le conducteur ;
ἅρματα δὲ [τε,	et le char
πεπυκασμένα χρυσῷ κασσιτέρῳ	étant couvert d'or et d'étain
ἐπέτρεχον ἵπποις	courait-traîné par les chevaux
ὠκυπόδεσσιν·	aux-pieds-rapides ;
οὐδὲ ἁρματροχιὴ πολλὴ	et une ornière nombreuse
ἐπισσώτρων	des cercles-des-roues
γίγνετό τι κατόπισθεν	ne devenait en-rien par derrière
ἐν κονίῃ λεπτῇ·	dans la poussière légère
τὼ δὲ	et les deux *coursiers*
πετέσθην σπεύδοντε.	volaient se hâtant.
Στῆ δὲ ἐν ἀγῶνι μέσῳ·	Or il s'arrêta dans l'arène au-milieu ;
ἱδρὼς δὲ πολὺς ἵππων	et la sueur abondante des chevaux
ἀνεχήκιε χαμᾶζε	ruisselait à-terre
ἔκ τε λόφων καὶ ἀπὸ στέρνοιο.	et de *leur* cou et de *leur* poitrail.
Αὐτὸς δὲ δίφροιο παμφανόωντος	Mais lui-même du char tout-brillant
ἐξέθορε χαμαὶ,	il sauta à-terre,
κλῖνε δὲ ἄρα μάστιγα	et appuya certes le fouet
ποτὶ ζυγόν.	contre le joug.
Οὐδὲ Σθένελος ἴφθιμος μάτησεν,	Et Sthénélus fort ne fut-pas-lent,
ἀλλὰ λάβε ἐσσυμένως ἄεθλον·	mais il prit vite le prix ;
δῶκε δὲ	et il donna
ἑτάροισιν ὑπερθύμοισιν	à ses compagnons magnanimes
ἄγειν γυναῖκα	à conduire la femme
καὶ φέρειν τρίποδα ὠτώεντα·	et à porter le trépied à-anses ;
ὁ δὲ ὑπέλυεν ἵππους.	et il détela les chevaux.
'Αντίλοχος δὲ ἄρα Νηλήῖος	Or certes Antiloque Néléen
ἤλασεν ἵππους ἐπὶ τῷ,	poussa *ses* chevaux après lui,
παραφθάμενος Μενέλαον	ayant dépassé Ménélas
κέρδεσιν,	par ruses,
οὔτι τάχει γε·	non par vitesse du moins ;
ἀλλὰ καὶ Μενέλαος	mais aussi Ménélas
ἔχεν ἵππους ὠκέας	avait *ses* chevaux rapides
ὡς ἐγγύθεν.	tellement près.

Ὅσσον δὲ τροχοῦ ἵππος ἀφίσταται, ὅς ῥά τ' ἄνακτα
ἕλκῃσιν πεδίοιο τιταινόμενος σὺν ὄχεσφι
(τοῦ μέν τε ψαύουσιν ἐπισσώτρου τρίχες ἄκραι
οὐραῖαι· ὁ δέ τ' ἄγχι μάλα τρέχει, οὐδέ τι πολλὴ   520
χώρη μεσσηγὺς, πολέος πεδίοιο θέοντος)·
τόσσον δὴ Μενέλαος ἀμύμονος Ἀντιλόχοιο
λείπετ'· ἀτὰρ ταπρῶτα καὶ ἐς δίσκουρα λέλειπτο,
ἀλλά μιν αἶψα κίχανεν· ὀφέλλετο γὰρ μένος ἠΰ
ἵππου τῆς Ἀγαμεμνονέης, καλλίτριχος Αἴθης.   525
Εἰ δέ κ' ἔτι προτέρω γένετο δρόμος ἀμφοτέροισι,
τῷ κέν μιν παρέλασσ', οὐδ' ἀμφήριστον ἔθηκεν.
Αὐτὰρ Μηριόνης, θεράπων ἐῢς Ἰδομενῆος,
λείπετ' ἀγακλῆος Μενελάου δουρὸς ἐρωήν.
Βάρδιστοι μὲν γάρ οἱ ἔσαν καλλίτριχες ἵπποι,   530
ἥκιστος δ' ἦν αὐτὸς ἐλαυνέμεν ἅρμ' ἐν ἀγῶνι.
Υἱὸς δ' Ἀδμήτοιο πανύστατος ἤλυθεν ἄλλων,
ἕλκων ἅρματα καλὰ, ἐλαύνων πρόσσοθεν ἵππους.

d'aussi près qu'un cheval est suivi du char sur lequel il emporte son
maître à travers la plaine (l'extrémité de sa queue touche aux cer-
cles des roues, qui n'en sont séparées que par une légère distance,
quand il court à travers la vaste campagne); tel est l'intervalle qui
sépare Ménélas du vaillant Antiloque. Tout a l'heure il en était éloi-
gné de toute la portée d'un disque : mais il a bientôt comblé la distance, grâce à la cavale d'Agamemnon, Éthé à la belle crinière, qui
redoubla d'ardeur; et si la course était plus longue, Ménélas dépas-
serait son rival, et ne laisserait pas la victoire incertaine. Après le
glorieux Ménélas, s'avance, à une portée de javelot, Mérion, le valeureux écuyer d'Idoménée. Ses chevaux à la belle crinière sont lents
à la course, et lui-même est inhabile à conduire un char dans la carrière. Enfin arrive le dernier de tous, le fils d'Admète, traînant lui-même
son beau char, et chassant ses coursiers devant lui. Cette vue émeut

Ὅσσον δὲ ἵππος	Or autant un cheval
ἀφίσταται τροχοῦ,	est-distant de la roue,
ὅς ῥά τε ἕλκησιν ἄνακτα	lequel certes traîne son maître
τιταινόμενος πεδίοιο	s'allongeant *par* la plaine
σὺν ὄχεσφι	avec les chars
(τρίχες τε οὐραῖαι	(et les crins de-la-queue
ἄκραι τοῦ μὲν	extrêmes de celui-ci
ψαύουσιν ἐπισσώτρου·	touchent le cercle-de-la-roue ;
ὁ δέ τε τρέχει μάλα ἄγχι,	et celui-ci court très près,
οὐδὲ χώρη πολλή τι	et un espace grand en-rien
μεσσηγὺς,	n'*est* pas dans-l'intervalle,
θέοντος πεδίοιο πολέος)·	*lui* courant par une plaine grande) ;
τόσσον δὴ Μενέλαος	autant certes Ménélas
λείπετο	était-en-arrière
Ἀντιλόχοιο ἀμύμονος·	d'Antiloque irréprochable ;
ἀτὰρ ταπρῶτα λέλειπτο	or d'abord il avait été laissé
καὶ ἐς δίσκουρα,	même jusqu'à une portée-de-disque,
ἀλλὰ κίχανέ μιν αἶψα·	mais il atteignait lui bientôt ;
μένος γὰρ ἠὺ	car la vigueur forte
τῆς ἵππου	de la cavale
Ἀγαμεμνονέης	d'Agamemnon
Αἴθης καλλίτριχος	d'Ethé aux-beaux-crins
ὀφέλλετο.	s'augmentait.
Εἰ δὲ δρόμος κε γένετο	Et si la course fût devenue
προτέρω ἀμφοτέροισι,	plus avant à *eux* deux,
παρέλασσέ κέ μιν τῷ,	il eût devancé lui par là,
οὐδὲ ἔθηκεν ἀμφήριστον.	et n'eût pas placé *la chose* indécise.
Αὐτὰρ Μηριόνης,	Mais Mérion,
θεράπων ἐὺς Ἰδομενῆος,	serviteur fort d'Idoménée,
λείπετο Μενελάου ἀγακλῆος	était-en-arrière de Ménélas illustre
ἐρωὴν δουρός.	de la portée d'un javelot.
Ἵπποι μὲν γὰρ καλλίτριχες	Car des chevaux aux-beaux-crins
ἔσαν οἱ βάρδιστοι,	étaient à lui très-lents,
αὐτὸς δὲ ἦν ἥκιστος	et lui-même était très-inférieur
ἐλαυνέμεν ἅρμα	pour conduire un char
ἐν ἀγῶνι.	dans l'arène.
Υἱὸς δὲ Ἀδμήτοιο	Or le fils d'Admète
ἤλυθε πανύστατος ἄλλων,	vint tout-à-fait-le-dernier des autres,
ἕλκων ἅρματα καλὰ,	traînant *ses* chars beaux,
ἐλαύνων ἵππους πρόσσοθεν.	et poussant *ses* cavales devant-*lui*.

Τὸν δὲ ἰδὼν ᾤκτειρε ποδάρκης δῖος Ἀχιλλεύς·
στὰς δ' ἄρ' ἐν Ἀργείοις ἔπεα πτερόεντ' ἀγόρευε·   535
« Λοῖσθος ἀνὴρ ὥριστος ἐλαύνει μώνυχας ἵππους·
ἀλλ' ἄγε δή οἱ δῶμεν ἀέθλιον, ὡς ἐπιεικές,
δεύτερ'· ἀτὰρ τὰ πρῶτα φερέσθω Τυδέος υἱός.»
Ὣς ἔφαθ'· οἱ δ' ἄρα πάντες ἐπήνεον, ὡς ἐκέλευε.
Καί νύ κέ οἱ πόρεν ἵππον (ἐπήνησαν γὰρ Ἀχαιοὶ),   540
εἰ μὴ ἄρ' Ἀντίλοχος, μεγαθύμου Νέστορος υἱὸς,
Πηλείδην Ἀχιλῆα δίκῃ ἠμείψατ' ἀναστάς·
« Ὦ Ἀχιλεῦ, μάλα τοι κεχολώσομαι, αἴ κε τελέσσῃς
τοῦτο ἔπος· μέλλεις γὰρ ἀφαιρήσεσθαι ἄεθλον,
τὰ φρονέων, ὅτι οἱ βλάβεν ἅρματα καὶ ταχέ' ἵππω,   545
αὐτός τ' ἐσθλὸς ἐών· ἀλλ' ὤφελεν ἀθανάτοισιν
εὔχεσθαι· τό κεν οὔτι πανύστατος ἦλθε διώκων.
Εἰ δέ μιν οἰκτείρεις, καί τοι φίλος ἔπλετο θυμῷ,
ἔστι τοι ἐν κλισίῃ χρυσὸς πολύς, ἔστι δὲ χαλκὸς,

de compassion le divin Achille aux pieds robustes ; il se lève au milieu
des Grecs, et dit ces paroles, qui volent rapides :

« C'est le plus habile à diriger des coursiers au dur sabot qui arrive aujourd'hui le dernier. Néanmoins donnons-lui le second prix,
comme il convient, et que le fils de Tydée remporte le premier ! »

Il dit, et tous d'applaudir à ce discours. On allait lui donner le
cheval, comme y consentaient les Grecs, lorsqu'Antiloque, le fils du
magnanime Nestor, se lève, et fait à Achille, fils de Pélée, cette juste
observation :

« Achille, je t'en voudrai longtemps si tu poursuis ce dessein. Tu
veux m'enlever le prix parce qu'Eumèle, malgré sa valeur, fut trahi
par son char et ses cavales rapides. Mais il devait invoquer les immortels : si l'eût fait, il ne serait pas le dernier dans cette course.
D'ailleurs, si tu te plains et qu'il soit cher à ton cœur, tu as dans ta

Ἀχιλλεὺς δὲ δῖος ποδάρκης	Mais Achille divin aux-pieds-forts
ἰδὼν τὸν ᾤκτειρε·	ayant vu lui le plaignit ;
στὰς δὲ ἄρα	et s'étant donc tenu-debout
ἐν Ἀργείοις,	parmi les Argiens,
ἀγόρευε ἔπεα πτερόεντα ·	il dit ces paroles ailées :
« Ἀνὴρ ὤριστος	« L'homme le-plus-habile
ἐλαύνει λοῖσθος	pousse le dernier
ἵππους μώνυχας·	ses cavales solipèdes ;
ἀλλὰ ἄγε δὴ	mais va certes
δῶμέν οἱ ἀέθλιον δεύτερον,	ayons donné à lui le prix second,
ὡς ἐπιεικές·	comme il est convenable ;
ἀτὰρ υἱὸς Τυδέος	mais que le fils de Tydée
φερέσθω τὰ πρῶτα. »	remporte le premier. »
Ἔφατο ὥς·	Il dit ainsi ;
οἱ δὲ ἄρα ἐπήνεον πάντες,	ceux-ci certes applaudissaient tous,
ὡς ἐκέλευε.	comme il ordonnait.
Καί νύ κε πόρεν ἵππον οἱ	Et donc il eût donné la cavale à lui
(Ἀχαιοὶ γὰρ ἐπήνησαν),	(car les Achéens applaudirent),
εἰ Ἀντίλοχος,	si Antiloque,
υἱὸς Νέστορος μεγαθύμου,	fils de Nestor magnanime,
ἀναστὰς ἄρα,	s'étant levé certes,
μὴ ἠμείψατο δίκῃ	n'eût répondu avec-justice
Ἀχιλῆα Πηλείδην·	à Achille fils-de-Pélée :
« Ὦ Ἀχιλεῦ,	« O Achille,
κεχολώσομαι μάλα τοι,	j'aurai été irrité beaucoup contre toi,
αἴ κε τελέσσῃς τοῦτο ἔπος ·	si tu auras accompli cette parole
μέλλεις γὰρ	car tu es-sur-le-point
ἀφαιρήσεσθαι ἄεθλον,	de devoir m'enlever le prix,
φρονέων τὰ,	pensant ces-choses,
ὅτι ἅρματα καὶ ἵππω ταχέε	que ses chars et ses cavales rapides
βλάβεν οἱ,	furent empêchés à lui,
αὐτός τε ἐὼν ἐσθλός·	et cela, lui étant vaillant ;
ἀλλὰ ὤφελεν εὔχεσθαι ἀθανάτοισι·	mais il devait invoquer les immortels;
τό κεν οὔτι ἦλθε	ainsi il ne fût pas arrivé en-rien
διώκων πανύστατος.	poursuivant tout-à-fait-le-dernier.
Εἰ δὲ οἰκτείρεις μιν,	Mais si tu as-pitié-de-lui,
καὶ ἔπλετο φίλος θυμῷ τοι,	et si il était cher au cœur à toi,
χρυσὸς πολὺς ἔστι τοι	de l'or nombreux est à toi
ἐν κλισίῃ,	dans ta tente,
χαλκὸς δὲ ἔστι,	et de l'airain y est ;

καὶ πρόβατ', εἰσὶ δέ τοι δμωαὶ καὶ μώνυχες ἵπποι·   550
τῶν οἱ ἔπειτ' ἀνελὼν δόμεναι καὶ μεῖζον ἄεθλον,
ἠὲ καὶ αὐτίκα νῦν, ἵνα σ' αἰνήσωσιν Ἀχαιοί.
Τὴν δ' ἐγὼ οὐ δώσω· περὶ δ' αὐτῆς πειρηθήτω,
ἀνδρῶν ὅς κ' ἐθέλησιν ἐμοὶ χείρεσσι μάχεσθαι. »

Ὣς φάτο· μείδησεν δὲ ποδάρκης δῖος Ἀχιλλεύς,   555
χαίρων Ἀντιλόχῳ, ὅτι οἱ φίλος ἦεν ἑταῖρος·
καί μιν ἀμειβόμενος ἔπεα πτερόεντα προσηύδα·

« Ἀντίλοχ', εἰ μὲν δή με κελεύεις οἴκοθεν ἄλλο
Εὐμήλῳ ἐπιδοῦναι, ἐγὼ δέ κε καὶ τὸ τελέσσω.
Δώσω οἱ θώρηκα, τὸν Ἀστεροπαῖον ἀπηύρων,   560
χάλκεον, ᾧ πέρι χεῦμα φαεινοῦ κασσιτέροιο
ἀμφιδεδίνηται· πολέος δέ οἱ ἄξιος ἔσται. »

Ἦ ῥα, καὶ Αὐτομέδοντι φίλῳ ἐκέλευσεν ἑταίρῳ
οἰσέμεναι κλισίηθεν· ὁ δ' ᾤχετο, καί οἱ ἔνεικεν.
[Εὐμήλῳ δ' ἐν χερσὶ τίθει· ὁ δ' ἐδέξατο χαίρων.]   565

tente beaucoup d'or et d'airain, des troupeaux, des captives en grand
nombre, ainsi que des coursiers au ferme sabot : tu peux lui en com-
poser un prix plus riche que le mien ; tu le peux même sur-le-champ,
et les Grecs t'applaudiront. Mais cette cavale que j'ai gagnée, je ne la
céderai pas. Vienne donc me combattre, qui voudra me la disputer
les armes à la main ! »

Il dit. Le divin Achille aux pieds robustes sourit, charmé du défi
d'Antiloque, son cher compagnon, et lui dit ces paroles, qui volent
rapides :

« Antiloque, puisque tu veux que je prenne dans ma tente un nouveau prix pour Eumèle, je le veux bien encore. Je lui donnerai la
cuirasse d'airain dont je dépouillai Astéropée, et qui est garnie
d'une brillante bordure d'étain. Ce sera pour lui un don précieux. »

Il dit, et ordonne à Automédon, son compagnon chéri, d'aller la
chercher dans sa tente. Automédon va, la lui apporte, et il la remet
entre les mains d'Eumèle, qui l'accepte avec joie.

καὶ πρόβατα,	et des troupeaux,
δμωαὶ δὲ	et des captives
καὶ ἵπποι μώνυχες	et des chevaux solipèdes
εἰσί τοι·	sont à toi ;
τῶν ἀνελὼν ἔπειτα	desquels ayant enlevé ensuite
δόμεναί οἱ ἄεθλον	aie donné à lui un prix
καὶ μεῖζον,	même plus grand,
ἠὲ καὶ αὐτίκα νῦν,	ou même sur-le-champ à présent,
ἵνα Ἀχαιοὶ αἰνήσωσί σε.	afin que les Achéens aient loué toi.
Ἐγὼ δὲ οὐ δώσω τήν·	Mais moi je ne donnerai pas elle ;
πειρηθήτω δὲ περὶ αὐτῆς	or qu'il s'expose pour elle
ὃς ἀνδρῶν κεν ἐθέλῃσι	celui des hommes qui voudrait
μάχεσθαι ἐμοὶ χείρεσσι. »	combattre avec moi par les mains. »
Φάτο ὥς·	Il dit ainsi :
μείδησε δὲ	alors sourit
Ἀχιλλεὺς δῖος ποδάρκης	Achille divin aux-pieds-forts
χαίρων Ἀντιλόχῳ,	se réjouissant d'Antiloque,
ὅτι ἦεν	parce que il était
ἑταῖρος φίλος οἱ·	compagnon cher à lui ;
καὶ ἀμειβόμενος	et répondant
προσηύδα μιν ἔπεα πτερόεντα·	il dit-à lui ces paroles ailées :
« Ἀντίλοχε,	« Antiloque,
εἰ μὲν δὴ κελεύεις με	si d'un côté certes tu ordonnes moi
ἐπιδοῦναι Εὐμήλῳ	avoir donné-en-outre à Eumèle
ἄλλο οἴκοθεν,	un autre prix de chez moi,
ἐγὼ δέ κε τελέσσω καὶ τό.	moi d'un autre côté je ferai aussi cela.
Δώσω οἱ θώρηκα χάλκεον,	Je donnerai à lui la cuirasse d'airain,
τὸν ἀπηύρων Ἀστεροπαῖον,	dont je dépouillai Astéropée,
περὶ ᾧ χεῦμα	sur laquelle une garniture
κασσιτέροιο φαεινοῦ	d'étain brillant
ἀμφιδεδίνηται·	a été arrangée-à-l'entour ;
ἔσται δέ οἱ	et elle sera pour lui
ἄξιος πολέος. »	digne d'un grand prix. »
Ἦ ῥα, καὶ ἐκέλευσεν	Il dit certes et ordonna
Αὐτομέδοντι ἑταίρῳ φίλῳ	à Automédon son compagnon chéri
οἰσέμεναι κλισίηθεν·	de l'apporter de sa tente ;
ὁ δὲ ᾤχετο καὶ ἔνεικέν οἱ.	celui-ci alla et l'apporta à lui.
[Τίθει δὲ	[Et il la place
ἐν χερσὶν Εὐμήλῳ·	dans les mains à Eumèle ;
ὁ δὲ ἐδέξατο χαίρων.]	et lui la reçut se réjouissant.]

Τοῖσι δὲ καὶ Μενέλαος ἀνίστατο, θυμὸν ἀχεύων,
Ἀντιλόχῳ ἄμοτον κεχολωμένος· ἐν δ' ἄρα κῆρυξ
χερσὶ σκῆπτρον ἔθηκε, σιωπῆσαί τ' ἐκέλευσεν
Ἀργείους· ὁ δ' ἔπειτα μετηύδα ἰσόθεος φώς·

« Ἀντίλοχε, πρόσθεν πεπνυμένε, ποῖον ἔρεξας;   570
Ἤσχυνας μὲν ἐμὴν ἀρετὴν, βλάψας δέ μοι ἵππους,
τοὺς σοὺς πρόσθε βαλών, οἵ τοι πολὺ χείρονες ἦσαν.
Ἀλλ' ἄγετ', Ἀργείων ἡγήτορες ἠδὲ μέδοντες,
ἐς μέσον ἀμφοτέροισι δικάσσατε, μηδ' ἐπ' ἀρωγῇ·
μήποτέ τις εἴπησιν Ἀχαιῶν χαλκοχιτώνων·   575
Ἀντίλοχον ψεύδεσσι βιησάμενος Μενέλαος,
οἴχεται ἵππον ἄγων, ὅτι οἱ πολὺ χείρονες ἦσαν
ἵπποι, αὐτὸς δὲ κρείσσων ἀρετῇ τε βίῃ τε. —
Εἰ δ', ἄγ', ἐγὼν αὐτὸς δικάσω, καί μ' οὔτινά φημι
ἄλλον ἐπιπλήξειν Δαναῶν· ἰθεῖα γὰρ ἔσται.   580
Ἀντίλοχ', εἰ δ', ἄγε δεῦρο, Διοτρεφές, ᾗ θέμις ἐστὶ,

Alors Ménélas se présente, le cœur plein de dépit et de ressentiment contre Antiloque. Un héraut lui remet le sceptre entre les
mains, et commande le silence aux Grecs; après quoi, le divin Ménélas s'écrie :

« Antiloque, autrefois si sage, qu'as-tu fait? Tu as éclipsé ma valeur, et fait échouer mes coursiers en les dépassant avec les tiens, qui
leur sont bien inférieurs. Mais voyons, chefs et souverains des
Grecs, jugez-nous tous les deux ouvertement et sans partialité, afin
que jamais personne des Grecs à la tunique d'airain ne vienne dire :
« Ménélas, triomphant d'Antiloque par l'imposture, s'en retourne
avec la cavale, qu'il doit moins à la mince valeur de ses chevaux
qu'à sa force et à sa vaillance. » —Je vais prononcer moi-même, et
je suis sûr que personne des Grecs n'y trouvera à redire; car la
sentence sera juste. Antiloque, viens ici, nourrisson de Jupiter,

Μενέλαος δὲ	Or Ménélas
ἀνίστατο καὶ τοῖσιν,	se leva aussi parmi eux,
ἀχεύων θυμὸν,	étant affligé *dans son cœur,*
κεχολωμένος Ἀντιλόχῳ	ayant été irrité-contre Antiloque
ἄμοτον·	insatiablement ;
κήρυξ δὲ ἄρα	et un héraut certes
ἐνέθηκε χερσὶ σκῆπτρον,	*lui* plaça-dans les mains le sceptre,
ἐκέλευσέ τε Ἀργείους σιωπῆσαι·	et ordonna les Argiens s'être tus ;
ἔπειτα δὲ ὁ φὼς ἰσόθεος	et ensuite le mortel égal-aux-dieux
μετηύδα·	dit-parmi *eux* :
« Ἀντίλοχε, πεπνυμένε πρόσθε,	« Antiloque, prudent auparavant,
ποῖον ἔρεξας ;	quelle-chose as-tu-faite ?
Ἤσχυνας μὲν ἐμὴν ἀρετὴν,	Tu as déshonoré ma valeur,
βλάψας δὲ ἵππους μοι,	et tu as fait-échouer les chevaux à
βαλὼν πρόσθε τοὺς σοὺς,	ayant lancé en avant les tiens, [moi,
οἳ ἦσάν τοι	qui étaient à toi
πολὺ χείρονες.	de beaucoup inférieurs.
Ἀλλὰ ἄγετε,	Mais allez,
ἡγήτορες ἠδὲ μέδοντες Ἀργείων,	chefs et souverains des Argiens,
δικάσσατε ἀμφοτέροισιν ἐς μέσον,	ayez jugé sur *nous* deux au milieu,
μηδὲ ἐπὶ ἀρωγῇ·	et point avec partialité ;
μήποτέ τις	de-peur-qu'un-jour quelqu'un
Ἀχαιῶν χαλκοχιτώνων	des Achéens à-la-tunique-d'airain
εἴπῃσι·	n'ait dit :
« Μενέλαος βιησάμενος	« Ménélas ayant violenté
Ἀντίλοχον ψεύδεσσιν,	Antiloque par des mensonges,
οἴχεται ἄγων ἵππον,	s'en va emmenant la cavale,
ὅτι ἵπποι ἦσάν οἱ	parce que des chevaux étaient à lui
πολὺ χείρονες,	de beaucoup inférieurs,
αὐτὸς δὲ κρείσσων	et *que* lui-même *est* plus fort
ἀρετῇ τε βίῃ τε. »	et par la valeur et par la force. »
Εἰ δὲ, ἄγε,	Mais si *l'on veut,* va,
ἐγὼν αὐτὸς δικάσω,	moi-même je jugerai,
καί φημι οὔτινα ἄλλον	et je dis personne autre
Δαναῶν	des enfans-de-Danaüs
ἐπιπλήξειν με·	devoir blâmer moi ;
ἔσται γὰρ ἰθεῖα.	car *la sentence* sera droite.
Ἀντίλοχε Διοτρεφὲς,	Antiloque, nourrisson-de-Jupiter,
εἰ δὲ, ἄγε δεῦρο,	mais si *tu veux,* viens ici,
ᾗ ἐστὶ θέμις,	comme il est juste,

στὰς ἵππων προπάροιθε καὶ ἅρματος, αὐτὰρ ἱμάσθλην
χερσὶν ἔχων ῥαδινὴν, ἧπερ τὸ πρόσθεν ἔλαυνες,
ἵππων ἁψάμενος, γαιήοχον Ἐννοσίγαιον
ὄμνυθι μὴ μὲν ἑκὼν τὸ ἐμὸν δόλῳ ἅρμα πεδῆσαι. »   585
    Τὸν δ᾽ αὖτ᾽ Ἀντίλοχος πεπνυμένος ἀντίον ηὔδα·
« Ἄνσχεο νῦν· πολλὸν γὰρ ἔγωγε νεώτερός εἰμι
σεῖο, ἄναξ Μενέλαε, σὺ δὲ πρότερος καὶ ἀρείων.
Οἶσθ᾽ οἷαι νέου ἀνδρὸς ὑπερβασίαι τελέθουσι·
κραιπνότερος μὲν γάρ τε νόος, λεπτὴ δέ τε μῆτις.   590
Τῷ τοι ἐπιτλήτω κραδίη· ἵππον δέ τοι αὐτὸς
δώσω, τὴν ἀρόμην· εἰ καί νύ κεν οἴκοθεν ἄλλο
μεῖζον ἐπαιτήσειας, ἄφαρ κέ τοι αὐτίκα δοῦναι
βουλοίμην, ἢ σοίγε, Διοτρεφὲς, ἤματα πάντα
ἐκ θυμοῦ πεσέειν, καὶ δαίμοσιν εἶναι ἀλιτρός. »   595
    Ἦ ῥα, καὶ ἵππον ἄγων μεγαθύμου Νέστορος υἱὸς
ἐν χείρεσσι τίθει Μενελάου. Τοῖο δὲ θυμὸς

et, comme c'est l'usage, debout devant tes coursiers et ton char,
tenant en main le fouet flexible, dont tu te servais tout à l'heure, et
la main sur tes chevaux, jure par Neptune, qui entoure et fait trembler la terre, jure que tu n'as pas exprès et par artifice embarrassé mon char! »

Le prudent Antiloque lui répondit : « Pardonne-moi, Ménélas ; car
je suis bien plus jeune que toi, prince, et tu es le plus âgé et le plus
puissant. Tu sais combien un jeune homme commet d'erreurs ; il a
l'esprit prompt et le jugement borné. Que ton cœur s'apaise, et je te
donnerai la cavale que j'ai reçue. Et même si tu exiges quelqu'autre
portion plus considérable de mon bien, j'aime encore mieux te la livrer
sur-le-champ, nourrisson de Jupiter, que d'être à jamais banni de
ton cœur, et impie envers les dieux. »

Ainsi parle le fils du magnanime Nestor, en conduisant la cavale,
et la remettant aux mains de Ménélas, dont le cœur s'épanouit, comme

στὰς προπάροιθεν	t'étant tenu-debout devant
ἵππων καὶ ἅρματος,	tes chevaux et ton char,
αὐτὰρ ἔχων χερσὶν	mais ayant dans les mains
ἱμάσθλην ῥαδινὴν,	le fouet souple,
ᾗπερ ἔλαυνες τὸ πρόσθεν,	par lequel tu poussais auparavant,
ἁψάμενος ἵππων,	ayant touché tes chevaux,
ὄμνυθι Ἐννοσίγαιον	jure le dieu-qui-ébranle-la-terre,
γαιήοχον	qui-ceint-la-terre,
μὴ πεδῆσαι	n'avoir pas empêché
ἑκὼν μὲν	volontairement à la vérité
τὸ ἐμὸν ἅρμα δόλῳ. »	mon char par ruse. »
Ἀντίλοχος δὲ πεπνυμένος	Or Antiloque prudent
ηὖδα αὖτε τὸν ἀντίον ·	dit en retour à lui en face :
« Ἄνσχεο νῦν·	Contiens-toi maintenant ;
ἔγωγε γάρ εἰμι	car quant-à-moi je suis
πολλὸν νεώτερος σεῖο,	beaucoup plus jeune que toi,
Μενέλαε ἄναξ,	Ménélas prince,
σὺ δὲ πρότερος καὶ ἀρείων.	et toi, aîné et plus vaillant.
Οἶσθα οἷαι τελέθουσιν	Tu sais quelles sont
ὑπερβασίαι ἀνδρὸς νέου·	les transgressions d'un homme jeune ;
νόος γάρ τε μὲν	car à la vérité et son esprit
κραιπνότερος,	est plus prompt,
μῆτις δέ τε λεπτή.	mais et son jugement faible.
Τῷ κραδίη τοι ἐπιτλήτω ·	Aussi que le cœur à toi s'apaise ;
αὐτὸς δὲ	et moi-même
δώσω τοὶ ἵππον,	je donnerai à toi la cavale,
τὴν ἀρόμην·	que j'ai remportée ;
εἰ καί νύ κεν ἐπαιτήσειας	et même si tu eusses demandé
ἄλλο μεῖζον οἴκοθεν,	un autre prix plus grand de chez-moi,
ἄφαρ κε βουλοίμην	aussitôt je voudrais
δοῦναί τοι αὐτίκα,	l'avoir donné à toi sur-le-champ,
ἢ ἐκπεσέειν θυμοῦ	plutôt que d'être tombé-hors du cœur
σοίγε πάντα ἤματα,	à toi-du-moins pour toujours,
Διοτρεφὲς,	nourrisson-de-Jupiter,
καὶ εἶναι ἀλιτρὸς δαίμοσιν. »	et d'être impie envers les dieux. »
Ἦ ῥα,	Il dit certes,
καὶ υἱὸς Νέστορος μεγαθύμου	et le fils de Nestor magnanime
ἄγων ἵππον	conduisant la cavale
τίθει ἐν χείρεσσι Μενελάου.	la place dans les mains de Ménélas.
Θυμὸς δὲ τοῖο ἰάνθη,	Or le cœur de lui s'épanouit,

ἰάνθη, ὡσεί τε περὶ σταχύεσσιν ἐέρση
ληΐου ἀλδήσκοντος, ὅτε φρίσσουσιν ἄρουραι·
ὣς ἄρα σοὶ, Μενέλαε, μετὰ φρεσὶ θυμὸς ἰάνθη.   600
Καί μιν φωνήσας ἔπεα πτερόεντα προσηύδα·

    « Ἀντίλοχε, νῦν μέν τοι ἐγὼν ὑποείξομαι αὐτὸς,
χωόμενος· ἐπεὶ οὔτι παρήορος, οὐδ' ἀεσίφρων
ἦσθα πάρος· νῦν αὖτε νόον νίκησε νεοίη.
Δεύτερον αὖτ' ἀλέασθαι ἀμείνονας ἠπεροπεύειν.   605
Οὐ γάρ κέν με τάχ' ἄλλος ἀνὴρ παρέπεισεν Ἀχαιῶν·
ἀλλὰ σὺ γὰρ δὴ πόλλ' ἔπαθες καὶ πόλλ' ἐμόγησας,
σός τε πατὴρ ἀγαθὸς καὶ ἀδελφεὸς, εἵνεκ' ἐμεῖο·
τῷ τοι λισσομένῳ ἐπιπείσομαι, ἠδὲ καὶ ἵππον
δώσω, ἐμήν περ ἐοῦσαν· ἵνα γνώωσι καὶ οἵδε   610
ὡς ἐμὸς οὔποτε θυμὸς ὑπερφίαλος καὶ ἀπηνής. »

    Ἦ ῥα, καὶ Ἀντιλόχοιο Νοήμονι δῶκεν ἑταίρῳ
ἵππον ἄγειν· ὁ δ' ἔπειτα λέβηθ' ἕλε παμφανόωντα.
Μηριόνης δ' ἀνάειρε δύω χρυσοῖο τάλαντα,

sous la rosée les épis des moissons qui ondoient dans les champs :
ainsi s'épanouit ton cœur, ô Ménélas. Alors le héros adresse à Antiloque ces paroles, qui volent rapides :

« Antiloque, je veux bien aujourd'hui te céder, quoi qu'il m'en
coûte ; car tu n'es ordinairement ni étourdi ni imprudent ; mais aujourd'hui ta jeunesse l'a emporté sur ta raison. Dorénavant évite de
tromper ceux qui valent mieux que toi. Tout autre que toi parmi les
Grecs ne m'eût pas sitôt apaisé. Mais toi, tu as subi avec ton valeureux père et ton frère, bien des dangers et bien des fatigues à cause de
moi. Aussi je veux me rendre à ta prière et te donner la cavale, qui
n'appartient qu'à moi, afin qu'on sache bien que je n'ai l'esprit ni
orgueilleux ni cruel. »

Il dit, et donne la cavale à emmener à Noëmon, compagnon d'Antiloque ; puis il prend pour lui le bassin qui brille. Mérion, qui arri-
vait le quatrième, emporta les deux talents d'or. Il restait pour le

ὡσεί τε ἐέρση	et de même que la rosée
περὶ σταχύεσσι	autour des épis
ληΐου ἀλδήσκοντος,	d'une moisson qui-croît,
ὅτε ἄρουραι φρίσσουσιν·	lorsque les champs se hérissent :
ὡς ἄρα θυμὸς ἰάνθη	ainsi certes le cœur s'épanouit
μετὰ φρεσὶ σοὶ, Μενέλαε.	dans l'esprit à toi, Ménélas.
Καὶ φωνήσας προσηύδα μιν	Et ayant parlé il dit-à lui
ἔπεα πτερόεντα·	ces paroles ailées :
« Νῦν μὲν ἐγὼν αὐτὸς	« Maintenant à la vérité moi-même
ὑποείξομαί τοι, Ἀντίλοχε,	je cèderai à toi, Antiloque,
χωόμενος·	quoique étant affligé :
ἐπεὶ ἦσθα πάρος	puisque tu ne fus auparavant
οὔτι παρήορος οὐδὲ ἀεσίφρων·	ni étourdi ni insensé ;
νῦν αὖτε νεοίη	mais aujourd'hui la jeunesse
νίκησε νόον.	a vaincu la prudence.
Ἀλέασθαι αὖτε δεύτερον	Mais aie évité une seconde fois
ἠπεροπεύειν ἀμείνονας.	de tromper ceux supérieurs.
Ἄλλος γὰρ ἀνὴρ Ἀχαιῶν	Car un autre homme des Achéens
οὔ κε παρέπεισέ με τάχα·	n'eût pas apaisé moi bientôt ;
ἀλλὰ σὺ γὰρ δὴ	mais toi en effet certes
ἔπαθες πολλὰ	tu souffris beaucoup-de-choses
καὶ ἐμόγησας πολλὰ,	et tu fatiguas beaucoup,
σός τε πατὴρ ἀγαθὸς	ainsi que ton père brave
καὶ ἀδελφεός,	et ton frère,
εἵνεκα ἐμεῖο·	à cause de moi :
τῷ ἐπιπείσομαί	c'est pourquoi je cèderai
τοι λισσομένῳ,	à toi suppliant,
ἠδὲ καὶ δώσω ἵππον,	et même je te donnerai la cavale,
ἐοῦσάν περ ἐμήν·	quoique étant mienne ;
ἵνα καὶ οἵδε γνώωσιν	afin que aussi ceux-ci aient su
ὡς ἐμὸς θυμὸς	que mon cœur
οὔποτε ὑπερφίαλος καὶ ἀπηνής. »	ne fut jamais superbe et cruel. »
Ἦ ῥα,	Il dit certes,
καὶ δῶκε Νοήμονι	et il donna à Noëmon
ἑταίρῳ Ἀντιλόχοιο	compagnon d'Antiloque
ἄγειν ἵππον·	à emmener la cavale ;
ὁ δὲ ἔπειτα ἕλε	et lui ensuite prit
λέβητα παμφανόωντα.	le bassin tout-à-fait-brillant.
Μηριόνης δὲ τέταρτος	Or Mérion le quatrième
ἀνάειρε δύω τάλαντα χρυσοῖο,	remporta les deux talents d'or,

τέτρατος, ὡς ἔλασεν. Πέμπτον δ᾽ ὑπελείπετ᾽ ἄεθλον,   615
ἀμφίθετος φιάλη· τὴν Νέστορι δῶκεν Ἀχιλλεὺς,
Ἀργείων ἀν᾽ ἀγῶνα φέρων, καὶ ἔειπε παραστάς·

« Τῆ νῦν, καί σοι τοῦτο, γέρον, κειμήλιον ἔστω,
Πατρόκλοιο τάφου μνῆμ᾽ ἔμμεναι· οὐ γὰρ ἔτ᾽ αὐτὸν
ὄψει ἐν Ἀργείοισι· δίδωμι δέ τοι τόδ᾽ ἄεθλον   620
αὔτως· οὐ γὰρ πύξ γε μαχήσεαι, οὐδὲ παλαίσεις,
οὐδέ τ᾽ ἀκοντιστὺν ἐσδύσεαι, οὐδὲ πόδεσσι
θεύσεαι· ἤδη γὰρ χαλεπὸν κατὰ γῆρας ἐπείγει. »

Ὣς εἰπὼν, ἐν χερσὶ τίθει· ὁ δ᾽ ἐδέξατο χαίρων,
καί μιν φωνήσας ἔπεα πτερόεντα προσηύδα·   625

« Ναὶ δὴ ταῦτά γε πάντα, τέκος, κατὰ μοῖραν ἔειπες.
Οὐ γὰρ ἔτ᾽ ἔμπεδα γυῖα, φίλος, πόδες, οὐδ᾽ ἔτι χεῖρες
ὤμων ἀμφοτέρωθεν ἐπαΐσσονται ἐλαφραί.
Εἴθ᾽ ὡς ἡβώοιμι, βίη τέ μοι ἔμπεδος εἴη,
ὡς ὁπότε κρείοντ᾽ Ἀμαρυγκέα θάπτον Ἐπειοὶ   630
Βουπρασίῳ, παῖδες δ᾽ ἔθεσαν βασιλῆος ἄεθλα[1]!

cinquième une double coupe, qu'Achille donna à Nestor, en présence de l'assemblée des Grecs, en lui disant :

« Tiens, vieillard, accepte aussi ce présent, en mémoire des funérailles de Patrocle, que tu ne verras plus au milieu des Grecs. C'est là le prix que je te donne ; car tu ne pourrais le disputer ni au pugilat, ni à la lutte, ni au javelot, ni à la course, et la vieillesse t'appesantit déjà. »

A ces mots, il lui remet la coupe entre les mains. Nestor l'accepte avec joie, et lui adresse ces paroles, qui volent rapides :

« Oui, mon fils, tes discours sont dictés par la raison. Je n'ai plus les membres dispos, ni les jambes, ni les bras agiles. Que ne suis-je encore jeune ; que n'ai-je encore la même vigueur qu'à l'époque où les Épéens firent les funérailles du roi Amaryncée, à Buprasie, où ses fils firent célébrer des jeux ! Il ne se trouva pas alors un seul des Épéens,

ὡς ἔλασε.	comme il a poussé *ses chevaux.*
Φιάλη δὲ ἀμφίθετος ὑπελείπετο	Mais une coupe double était-de-reste
ἄεθλον πέμπτον.	*comme* prix cinquième.
Ἀχιλλεὺς δῶκε τὴν Νέστορι,	Achille donna elle à Nestor,
ἀναφέρων	*la* portant-à-travers
ἀγῶνα Ἀργείων,	l'assemblée des Argiens,
καὶ ἔειπε παραστάς·	et il dit s'étant présenté :
« Τῆ νῦν, γέρον,	« Tiens maintenant, vieillard,
καὶ τοῦτο κειμήλιον ἔστω σοι,	et que ce trésor soit à toi,
ἔμμεναι μνῆμα	*pour* être un souvenir
τάρου Πατρόκλοιο·	du tombeau de Patrocle ;
οὐ γὰρ ὄψει ἔτι αὐτὸν	car tu ne verras plus lui
ἐν Ἀργείοισι·	parmi les Argiens :
δίδωμι δέ τοι τόδε ἄεθλον αὕτως·	or je donne à toi ce prix ainsi ;
οὐ γὰρ μαχήσεαί γε πὺξ,	car tu ne combattras pas au pugilat,
οὐδὲ παλαίσεις,	ni ne lutteras,
οὐδέ τε ἐσδύσεαι ἀκοντιστὺν,	ni ne te mêleras à la lutte-du-javelot,
οὐδὲ θεύσεαι πόδεσσι·	ni ne courras de *tes* pieds ;
γῆρας γὰρ χαλεπὸν	car la vieillesse difficile
κατεπείγει ἤδη. »	*te* presse déjà. »
Εἰπὼν ὣς,	Ayant dit ainsi,
τίθει ἐν χερσίν·	il la place dans *ses* mains ;
ὁ δὲ ἐδέξατο χαίρων,	et lui *la* reçut se réjouissant,
καὶ φωνήσας	et ayant parlé
προσηύδα μιν ἔπεα πτερόεντα·	il dit-à-lui *ces* paroles ailées :
« Ναὶ δὴ, τέκος,	« Oui certes, *mon* fils,
ἔειπες πάντα γε ταῦτα	tu as dit toutes ces-choses du moins
κατὰ μοῖραν.	selon l'équité.
Γυῖα γὰρ οὐκ ἔτι ἔμπεδα,	Car *mes* membres ne *sont* plus dispos,
πόδες οὐδὲ χεῖρες, φίλος,	*mes* pieds ni *mes* mains, ami,
ἐπαΐσσονται ἔτι ἐλαφραὶ	ne se meuvent plus agiles
ἀμφοτέρωθεν ὤμων.	de chaque côté des épaules.
Εἴθε ἡβώοιμι ὣς,	Plût-au-ciel que je fusse-jeune ainsi,
βίη τε εἴη μοι ἔμπεδος,	et *que* la force fût à moi ferme,
ὡς ὁπότε Ἐπειοὶ	comme lorsque les Epéens
θάπτον Βουπρασίῳ	ensevelirent à Buprasie
Ἀμαρυγκέα κρείοντα,	Amaryncée souverain,
παῖδες δὲ ἔθεσαν	et *que ses* enfans placèrent
ἄεθλα	les prix-des-jeux
βασιλῆος!	*en l'honneur* du roi!

ἔνθ' οὔτις μοι ὁμοῖος ἀνὴρ γένετ', οὔτ' ἄρ' Ἐπειῶν,
οὔτ' αὐτῶν Πυλίων, οὔτ' Αἰτωλῶν μεγαθύμων.
Πὺξ μὲν ἐνίκησα Κλυτομήδεα, Ἤνοπος υἱόν·
Ἀγχαῖον δὲ πάλῃ Πλευρώνιον, ὅς μοι ἀνέστη·   635
Ἴφικλον δὲ πόδεσσι παρέδραμον, ἐσθλὸν ἐόντα·
δουρὶ δ' ὑπειρέβαλον Φυλῆά τε καὶ Πολύδωρον.
Οἵοισίν μ' ἵπποισι παρήλασαν Ἀκτορίωνε,
πλήθει πρόσθε βαλόντες, ἀγασσάμενοι περὶ νίκης,
οὕνεκα δὴ τὰ μέγιστα παρ' αὐτόφι λεῖπετ' ἄεθλα.   640
Οἱ δ' ἄρ' ἔσαν δίδυμοι· ὁ μὲν ἔμπεδον ἡνιόχευεν,
ἔμπεδον ἡνιόχευ', ὁ δ' ἄρα μάστιγι κέλευεν.
Ὣς ποτ' ἔον· νῦν αὖτε νεώτεροι ἀντιοώντων
ἔργων τοιούτων. Ἐμὲ δὲ χρὴ γήραϊ λυγρῷ
πείθεσθαι, τότε δ' αὖτε μετέπρεπον ἡρώεσσιν.   645
Ἀλλ' ἴθι, καὶ σὸν ἑταῖρον ἀέθλοισι κτερέϊζε.
Τοῦτο δ' ἐγὼ πρόφρων δέχομαι, χαίρει δέ μοι ἦτορ,
ὥς μευ ἀεὶ μέμνησαι ἐνηέος, οὐδέ σε λήθω

des Pyliens eux-mêmes, ou des magnanimes Étoliens, qui fût capable
de me résister. Je vainquis au pugilat Clytomède, fils d'Énops; à la
lutte, Ancée, de Pleuron, qui osa me résister; à la course, je dépas-
sai Iphiclus, malgré sa valeur, et je lançai le javelot mieux que Phy-
lée et Polydore : je ne le cédai qu'aux deux fils d'Actor, dont les chevaux dépassèrent les miens, et qui se réunirent tous les deux contre
moi, pour remporter les magnifiques prix de la course. Ils étaient ju-
meaux ; l'un tenait les rênes d'une main ferme, et l'autre animait
les chevaux à coups de fouet. Voilà ce que je fus autrefois. Aujour-
d'hui, c'est aux jeunes gens qu'il appartient de se distinguer par de
tels exploits. Moi, je n'ai plus qu'à subir les infirmités de la vieillesse;
mais alors je brillais entre tous les héros. Allons, Achille, honore par
des jeux les funérailles de ton ami. J'accepte avec joie, et de grand
cœur, ce présent, comme un gage du souvenir que tu me gardes pour
ma bienveillance, et de l'hommage par lequel tu me distingues,

Ἔνθα οὔτις ἀνὴρ	Alors aucun homme
οὔτε ἄρα Ἐπειῶν,	ni certes des Epéens,
οὔτε Πυλίων αὐτῶν,	ni des Pyliens eux-mêmes,
οὔτε Αἰτωλῶν μεγαθύμων,	ni des Etoliens magnanimes,
γένετο ὁμοῖός μοι.	n'était égal à moi.
Ἐνίκησα μὲν πὺξ	Je vainquis d'un côté au pugilat
Κλυτομήδεα υἱὸν Ἤνοπος·	Clytomède fils d'Enops ;
πάλη δὲ	à la lutte d'autre part
Ἀγκαῖον Πλευρώνιον,	Ancée de-Pleuron,
ὃς ἀνέστη μοι·	qui résista à moi ;
παρέδραμον δὲ πόδεσσιν	je devançai d'autre part de mes pieds
Ἴφικλον ἐόντα ἐσθλόν·	Iphiclus étant vaillant ;
ὑπειρέβαλον δὲ δουρὶ	je surpassai d'autre part au javelot
Φυλῆά τε καὶ Πολύδωρον.	et Phylée et Polydore.
Ἀκτορίωνε παρήλασάν με	Les deux-fils-d'Actor dépassèrent moi
ἵπποισιν οἵοισι,	avec leurs chevaux seuls,
πρόσθε-βαλόντες πλήθει,	surpassant par le nombre,
ἀγασσάμενοι περὶ νίκης,	m'ayant envié sur la victoire,
οὕνεκα δὴ	parce que certes
ἄεθλα τὰ μέγιστα	les prix les plus grands
λείπετο παρὰ αὐτόφιν.	étaient laissés à ce jeu.
Οἱ δὲ ἄρα ἔσαν δίδυμοι·	Ceux-ci certes étaient jumeaux :
ὁ μὲν ἡνιόχευεν ἔμπεδον,	l'un conduisait fermement,
ἡνιόχευεν ἔμπεδον,	conduisait fermement,
ὁ δὲ ἄρα κέλευε μάστιγι.	et l'autre commandait par le fouet.
Ἔον ὥς ποτε·	J'étais ainsi jadis :
νῦν αὖτε νεώτεροι	mais que aujourd'hui de plus jeunes
ἀντιοώντων ἔργων τοιούτων.	s'avancent-au-devant de travaux tels.
Χρὴ δὲ ἐμὲ πείθεσθαι	Or il faut moi obéir
γήραϊ λυγρῷ,	à la vieillesse triste,
τότε δὲ αὖτε	mais alors à-mon-tour
μετέπρεπον ἡρώεσσιν.	j'excellais-parmi les héros.
Ἀλλὰ ἴθι καὶ κτερέϊζε	Mais va et célèbre-les-funérailles
σὸν ἑταῖρον ἀέθλοισιν.	de ton ami par des jeux.
Ἐγὼ δὲ	Pour moi,
δέχομαι τοῦτο πρόφρων,	je reçois ce prix volontiers,
ἦτορ δὲ χαίρει μοι,	et le cœur se réjouit à moi,
ὡς μέμνησαι ἀεὶ	de ce que tu te souviens toujours
μευ ἐνηέος,	de moi bienveillant,
οὐδὲ λήθω σε	et que je n'aie pas échappé à toi

τιμῆς ἧστέ μ' ἔοικε τετιμῆσθαι μετ' Ἀχαιοῖς.

Σοὶ δὲ θεοὶ τῶνδ' ἀντὶ χάριν μενοεικέα δοῖεν. »　　　　　650

Ὣς φάτο· Πηλείδης δὲ πολὺν καθ' ὅμιλον Ἀχαιῶν

ᾤχετ', ἐπεὶ πάντ' αἶνον ἐπέκλυε Νηλείδαο.

Αὐτὰρ ὁ πυγμαχίης ἀλεγεινῆς θῆκεν ἄεθλα·

ἡμίονον ταλαεργὸν ἄγων κατέδησ' ἐν ἀγῶνι

ἑξέτε', ἀδμήτην, ἥτ' ἀλγίστη δαμάσασθαι·　　　　　655

τῷ δ' ἄρα νικηθέντι τίθει δέπας ἀμφικύπελλον.

Στῆ δ' ὀρθὸς, καὶ μῦθον ἐν Ἀργείοισιν ἔειπεν·

« Ἀτρείδη τε καὶ ἄλλοι ἐϋκνήμιδες Ἀχαιοὶ,

ἄνδρε δύω περὶ τῶνδε κελεύομεν, ὥπερ ἀρίστω

πὺξ μάλ' ἀνασχομένω πεπληγέμεν. Ὧ δέ κ' Ἀπόλλων　　　660

δώῃ καμμονίην, γνώωσι δὲ πάντες Ἀχαιοὶ,

ἡμίονον ταλαεργὸν ἄγων κλισίηνδε νεέσθω·

αὐτὰρ ὁ νικηθεὶς δέπας οἴσεται ἀμφικύπελλον. »

Ὣς ἔφατ'· ὤρνυτο δ' αὐτίκ' ἀνὴρ ἠΰς τε μέγας τε,

comme il convient, entre tous les Grecs. Puissent les dieux dignement récompenser ta piété ! »

Il dit. Le fils de Pélée parcourt les rangs serrés de l'armée, après avoir écouté jusqu'à la fin les éloges du fils de Nélée, et propose le prix du terrible pugilat. Il fait avancer dans l'assemblée une mule laborieuse, âgée de six ans, indomptée jusqu'alors, et presque indomptable. Il propose aussi une double coupe pour le vaincu. Il se lève et dit aux Grecs :

« Fils d'Atrée, et vous autres, Grecs aux belles cnémides, nous invitons les deux guerriers les plus habiles au combat du ceste, à venir mériter ces prix. Celui des deux auquel Apollon, de l'aveu de tous les Grecs, accordera la victoire, emmènera dans sa tente la mule patiente au travail, et le vaincu emportera la double coupe. »

Il dit. Sur-le-champ s'avance un guerrier grand et fort, habile au

τιμῆς ἧστε ἔοικέ με	*pour* l'honneur dont il convient moi
τετιμῆσθαι μετὰ Ἀχαιοῖς.	avoir été honoré parmi les Achéens.
Θεοὶ δὲ δοῖέν σοι	Or que les dieux aient donné à toi
χάριν μενοεικέα	une reconnaissance satisfaisante
ἀντὶ τῶνδε. »	en-retour de ces-choses. »
Φάτο ὥς·	Il dit ainsi :
Πηλείδης δὲ ᾤχετο	or le fils-de-Pélée alla
κατὰ ὅμιλον πολὺν Ἀχαιῶν,	par la foule nombreuse des Achéens,
ἐπεὶ ἐπέκλυεν	après que il eut écouté
αἶνον πάντα Νηλείδαο.	l'éloge entier du fils-de-Nélée.
Αὐτὰρ θῆκεν ἄεθλα	Cependant il plaça les prix
πυγμαχίης ἀλεγεινῆς·	du pugilat douloureux :
ἄγων κατέδησεν	*la* conduisant il attacha
ἐν ἀγῶνι	dans l'assemblée
ἡμίονον ταλαεργὸν	une mule patiente-au-travail
ἑξέτεα, ἀδμήτην,	de-six-ans, indomptée,
ἥτε ἀλγίστη δαμάσασθαι·	qui *était* très difficile à avoir domptée;
τίθει δὲ ἄρα δέπας ἀμφικύπελλον	et il place certes une coupe double
τῷ νικηθέντι.	pour *celui* ayant été vaincu.
Στῆ δὲ ὀρθὸς,	Et il se tint debout,
καὶ ἔειπε μῦθον	et dit *ce* discours
ἐν Ἀργείοισιν·	parmi les Argiens :
« Ἀτρείδη τε	« Et fils-d'Atrée
καὶ ἄλλοι Ἀχαιοὶ	et autres Achéens
ἐϋκνήμιδες,	aux-belles-cnémides,
κελεύομεν δύω ἄνδρε,	nous ordonnons deux hommes,
ὥπερ ἀρίστω,	ceux qui *sont* les plus forts,
πεπληγέμεν περὶ τῶνδε	s'être frappés pour ces-*prix*
ἀνασχομένω μάλα πύξ.	ayant élevé-tous-deux fort le-poing.
Ὧ δὲ Ἀπόλλων	Or *celui* auquel Apollon
κε δώῃ καμμονίην,	aura donné la victoire,
πάντες δὲ Ἀχαιοὶ	et *auquel* tous les Achéens
γνώωσι,	*l'*auront reconnue,
νεέσθω κλισίηνδε	qu'il retourne à-sa-tente
ἄγων ἡμίονον ταλαεργόν·	emmenant la mule patiente-au-travail;
αὐτὰρ ὁ νικηθεὶς	mais celui ayant été vaincu
οἴσεται δέπας ἀμφικύπελλον. »	emportera la coupe double. »
Ἔφατο ὥς·	Il dit ainsi :
αὐτίκα δὲ ὤρνυτο	et aussitôt s'élança
ἀνὴρ ἠΰς τε μέγας τε,	un homme et fort et grand,

4.

εἰδὼς πυγμαχίης, υἱὸς Πανοπῆος Ἐπειός·   665
ἅψατο δ' ἡμιόνου ταλαεργοῦ, φώνησέν τε·
« Ἄσσον ἴτω ὅστις δέπας οἴσεται ἀμφικύπελλον·
ἡμίονον δ' οὔ φημί τιν' ἀξέμεν ἄλλον Ἀχαιῶν,
πυγμῇ νικήσαντ'· ἐπεὶ εὔχομαι εἶναι ἄριστος.
Ἦ οὐχ ἅλις ὅττι μάχης ἐπιδεύομαι; οὐδ' ἄρα πως ἦν   670
ἐν πάντεσσ' ἔργοισι δαήμονα φῶτα γενέσθαι.
Ὧδε γὰρ ἐξερέω, τὸ δὲ καὶ τετελεσμένον ἔσται·
ἀντικρὺ χρόα τε ῥήξω, σύν τ' ὀστέ' ἀράξω.
Κηδεμόνες δέ οἱ ἐνθάδ' ἀολλέες αὖθι μενόντων,
οἵ κέ μιν ἐξοίσουσιν, ἐμῇς ὑπὸ χερσὶ δαμέντα. »   675
Ὣς ἔφαθ'· οἱ δ' ἄρα πάντες ἀκὴν ἐγένοντο σιωπῇ.
Εὐρύαλος δέ οἱ οἶος ἀνίστατο, ἰσόθεος φώς,
Μηκιστέος υἱὸς Ταλαϊονίδαο ἄνακτος,
ὅς ποτε Θήβασδ' ἦλθε δεδουπότος Οἰδιπόδαο
ἐς τάφον· ἔνθα δὲ πάντας ἐνίκα Καδμείωνας.   680
Τὸν μὲν Τυδείδης δουρικλυτὸς ἀμφεπονεῖτο,

pugilat, Épéus, fils de Panopée, qui met la main sur la mule patiente au travail, et s'écrie :

« Qu'il approche celui qui veut gagner la double coupe; car je déclare qu'il n'est pas un Grec capable de m'enlever la mule au combat du ceste, où je prétends être le plus habile. N'est-ce pas assez que je ne sois pas des meilleurs dans la mêlée ? Il n'est pas donné à l'homme d'exceller en tout. Mais je le proclame, et je tiendrai ma promesse : celui qui viendra me combattre, je lui écorcherai les chairs et lui briserai les os. Que ses amis s'assemblent autour de lui, pour l'emporter abattu sous mes coups. »

Il dit. Tout le monde garda le silence. Un seul guerrier se présenta, Euryale, mortel égal aux dieux, fils de Mécistée, descendant du roi Talaüs. Il avait autrefois à Thèbes, lors des funérailles d'OEdipe, vaincu tous les enfants de Cadmus. L'illustre fils de Tydée l'accompagnait, l'encourageait par ses paroles, et faisait des vœux

εἰδὼς πυγμαχίης,   sachant l'art-du-pugilat,
Ἐπειὸς, υἱὸς Πανοπῆος·   Epéus, fils de Panopée ;
ἅψατο δὲ ἡμιόνου   et il toucha la mule
ταλαεργοῦ,   patiente-au-travail,
φώνησέ τε·   et s'écria :
« Ἴτω ἆσσον   « Qu'il vienne plus près
ὅστις οἴσεται δέπας ἀμφικύπελλον·   celui-qui emportera la coupe double;
φημὶ δὲ οὔτινα ἄλλον Ἀχαιῶν   mais je dis aucun autre des Achéens
ἀξέμεν ἡμίονον,   ne devoir emmener la mule,
νικήσαντα πυγμῇ·   m'ayant vaincu au pugilat;
ἐπεὶ εὔχομαι   puisque je me vante
εἶναι ἄριστος.   d'être le plus fort.
Ἦ οὐχ ἅλις   Est-ce que ce n'est pas assez
ὅττι ἐπιδεύομαι μάχης;   que je sois-inférieur au combat?
Οὐδὲ ἄρα πως ἦν   Il n'est nullement possible
φῶτα γενέσθαι δαήμονα   un mortel être devenu habile
ἐν πάντεσσιν ἔργοισιν.   dans tous les travaux.
Ἐξερέω γὰρ ὧδε,   Car je le déclare ainsi,
τὸ δὲ καὶ ἔσται τετελεσμένον·   et cela sera ayant été accompli :
ῥήξω τε χρόα ἀντικρὺ,   et je déchirerai sa chair en-face,
συναράξω τε ὀστέα.   et je briserai ses os.
Κηδεμόνες δὲ ἀολλέες   Or que des amis-empressés nombreux
μενόντων οἱ ἐνθάδε αὖθι,   restent pour lui là-même,
οἵ κεν ἐξοίσουσί μιν,   qui pourront-enlever lui,
δαμέντα ὑπὸ ἐμῆς χερσίν. »   ayant été dompté sous mes mains. »
Ἔφατο ὥς·   Il dit ainsi :
οἱ δὲ πάντες ἄρα   et eux tous certes
ἐγένοντο ἀκὴν σιωπῇ.   devinrent en-repos en-silence.
Εὐρύαλος δὲ   Mais Euryale seul
οἶος ἀνίστατό οἱ,   se leva-contre lui,
φὼς ἰσόθεος,   Euryale, mortel égal-aux-dieux,
υἱὸς Μηκιστέος   fils de Mécistée,
ἄνακτος Ταλαϊονίδαο,   prince fils-de-Talaüs,
ὃς ἦλθέ ποτε Θήβασδε   qui alla jadis à-Thèbes
ἐς τάφον Οἰδιπόδαο   aux funérailles d'OEdipe
δεδουπότος·   ayant fait-du-bruit-en-tombant-mort,
ἔνθα δὲ ἐνίκα   et là il vainquit
πάντας Καδμείωνας.   tous les enfants-de-Cadmus.
Τυδείδης δουρικλυτὸς   Le fils-de-Tydée célèbre-par-la-lance
ἀμφεπονεῖτο μὲν τὸν,   et s'empressait-autour de lui,

Θαρσύνων ἔπεσιν, μέγα δ' αὐτῷ βούλετο νίκην.
Ζῶμα δέ οἱ πρῶτον παρακάββαλεν, αὐτὰρ ἔπειτα
δῶκεν ἱμάντας ἐϋτμήτους βοὸς ἀγραύλοιο.
Τὼ δὲ ζωσαμένω βήτην ἐς μέσσον ἀγῶνα·   685
ἄντα δ' ἀνασχομένω χερσὶ στιβαρῇσιν ἅμ' ἄμφω,
σύν ῥ' ἔπεσον, σὺν δέ σφι βαρεῖαι χεῖρες ἔμιχθεν.
Δεινὸς δὲ χρόμαδος γενύων γένετ', ἔρρεε δ' ἱδρὼς
πάντοθεν ἐκ μελέων· ἐπὶ δ' ὤρνυτο δῖος Ἐπειὸς,
κόψε δὲ παπτήναντα παρήϊον· οὐδ' ἄρ' ἔτι δὴν   690
ἑστήκειν· αὐτοῦ γὰρ ὑπήριπε φαίδιμα γυῖα.
Ὡς δ' ὅθ' ὑπὸ φρικὸς Βορέω ἀναπάλλεται ἰχθὺς
θίν' ἐν φυκιόεντι, μέγα δέ ἑ κῦμα κάλυψεν·
ὣς πληγεὶς ἀνέπαλτ'. Αὐτὰρ μεγάθυμος Ἐπειὸς
χερσὶ λαβὼν ὤρθωσε· φίλοι δ' ἀμφέσταν ἑταῖροι,   695
οἵ μιν ἄγον δι' ἀγῶνος ἐφελκομένοισι πόδεσσιν,
αἷμα παχὺ πτύοντα, κάρη βάλλονθ' ἑτέρωσε·

pour qu'il fût vainqueur. Il lui ceignit d'abord les reins ; ensuite il lui attacha les courroies taillées dans la peau d'un bœuf sauvage ; et les deux combattants préparés pour la lutte s'avancèrent au milieu de l'arène. Puis, levant tous deux leurs poings robustes, ils en vinrent aux mains, et leurs coups redoutables se confondirent. Leurs mâchoires résonnaient sous le terrible choc, et de toutes parts la sueur coulait de leurs membres. Alors le divin Epéus s'élance et frappe à la joue son adversaire, qui l'épiait, et qui ne peut plus longtemps se soutenir. Ses beaux membres s'affaissent. Comme le poisson, ballotté au milieu des flots que soulève Borée, palpite parmi les algues du rivage, où la grande vague le couvre : ainsi palpite Euryale blessé. Alors le magnanime Epéus le relève par la main. Ses compagnons l'entourent et l'emportent à travers l'arène, les jambes pendantes, crachant un sang épais, et laissant retomber sa tête de côté et d'autre ;

θαρσύνων ἔπεσι,	*l'*encourageant par des paroles,
βούλετο δὲ μέγα	et voulait grandement
νίκην αὐτῷ.	la victoire pour lui.
Παρακάββαλε δὲ πρῶτον	Or il présenta d'abord
ζῶμά οἱ,	*sa* ceinture à lui,
αὐτὰρ ἔπειτα δῶκεν	puis ensuite il *lui* donna
ἱμάντας ἐϋτμήτους	des courroies bien-taillées
βοὸς ἀγραύλοιο.	*de la peau* d'un taureau sauvage.
Τὼ δὲ ζωσαμένω	Et eux-deux s'étant ceints
βήτην ἐς ἀγῶνα μέσσον·	allèrent dans l'arène au-milieu ;
ἄμφω δὲ ἀνασχομένω ἅμα	et tous-deux ayant levé ensemble
χερσὶ στιβαρῇσιν ἄντα,	*leurs* mains robustes en face
συνέπεσόν ῥα,	tombèrent *l'un sur l'autre* certes,
χεῖρες δὲ βαρεῖαι	et les mains lourdes
συνέμιχθέν σφι.	s'entremêlèrent à eux.
Χρόμαδος δὲ δεινὸς γενύων	Et un fracas terrible de mâchoires
γένετο,	eut-lieu,
ἱδρὼς δὲ ἔρρεε	et la sueur coulait
πάντοθεν ἐκ μελέων·	de tous côtés de *leurs* membres ;
Ἐπειὸς δὲ δῖος ἐπώρνυτο,	mais Epéus divin s'élança,
κόψε δὲ παρήϊον	et frappa à-la-joue
παπτήναντα·	*lui* ayant promené-ses-regards ;
οὐδὲ ἄρα ἑστήκειν ἔτι δήν·	et il ne resta-plus-debout longtemps ;
γυῖα γὰρ φαίδιμα αὐτοῦ	car les membres brillants de lui
ὑπήριπεν.	s'affaissèrent.
Ὡς δὲ ὅτε	Or ainsi lorsque
ἰχθὺς ἀναπάλλεται	un poisson est balloté
ὑπὸ φρικὸς Βορέω	par l'agitation *des flots sous* Borée
ἐν θινὶ φυκιόεντι,	sur le rivage couvert-d'algues,
κῦμα δὲ μέγα κάλυψέν ἑ·	et *que* le flot grand a couvert lui :
ὣς ἀνέπαλτο πληγείς.	ainsi il fut balloté ayant été frappé.
Αὐτὰρ Ἐπειὸς μεγάθυμος	Cependant Epéus magnanime
λαβὼν χερσὶν ὤρθωσεν·	*l'*ayant pris avec *ses* mains *le* releva ;
ἑταῖροι δὲ φίλοι	et *ses* compagnons chéris
ἀμφέσταν,	se tinrent-autour *de lui*,
οἳ ἄγον μιν	lesquels emmenèrent lui,
πόδεσσιν ἐφελκομένοισι	les pieds étant traînés-par-derrière
διὰ ἀγῶνος,	à travers l'arène,
πτύοντα αἷμα παχύ,	crachant un sang épais,
βάλλοντα κάρη ἑτέρωσε·	jetant *sa* tête d'un-autre-côté ;

κὰδ δ' ἀλλοφρονέοντα μετὰ σφίσιν εἷσαν ἄγοντες·
αὐτοὶ δ' οἰχόμενοι κόμισαν δέπας ἀμφικύπελλον.

Πηλείδης δ' αἶψ' ἄλλα κατὰ τρίτα θῆκεν ἄεθλα,   700
δεικνύμενος Δαναοῖσι, παλαισμοσύνης ἀλεγεινῆς·
τῷ μὲν νικήσαντι μέγαν τρίποδ' ἐμπυριβήτην,
τὸν δὲ δυωδεκάβοιον ἐνὶ σφίσι τῖον Ἀχαιοί·
ἀνδρὶ δὲ νικηθέντι γυναῖκ' ἐς μέσσον ἔθηκε,
πολλὰ δ' ἐπίστατο ἔργα, τίον δέ ἑ τεσσαράβοιον.   705
Στῆ δ' ὀρθὸς, καὶ μῦθον ἐν Ἀργείοισιν ἔειπεν·
« Ὄρνυσθ', οἳ καὶ τούτου ἀέθλου πειρήσεσθον. »
Ὣς ἔφατ'· ὦρτο δ' ἔπειτα μέγας Τελαμώνιος Αἴας·
ἂν δ' Ὀδυσσεὺς πολύμητις ἀνίστατο, κέρδεα εἰδώς.
Ζωσαμένω δ' ἄρα τώγε βάτην ἐς μέσσον ἀγῶνα,   710
ἀγκὰς δ' ἀλλήλων λαβέτην χερσὶ στιβαρῇσιν·
ὡς ὅτ' ἀμείβοντες, τούστε κλυτὸς ἤραρε τέκτων,
δώματος ὑψηλοῖο, βίας ἀνέμων ἀλεείνων.
Τετρίγει δ' ἄρα νῶτα θρασειάων ἀπὸ χειρῶν,
ἑλκόμενα στερεῶς· κατὰ δὲ νότιος ῥέεν ἱδρώς·   715

ils l'enlèvent évanoui, et prennent pour lui la double coupe.

Alors le fils de Pélée propose en troisième lieu les prix de la terrible
lutte, et les montre aux Grecs : c'est un grand trépied propre à mettre sur le feu, pour le vainqueur, et les Grecs en évaluent entre eux
le prix à celui de douze bœufs. Pour le vaincu, il propose une captive,
habile au travail, et qu'on estime valoir quatre bœufs. Il se lève et
dit aux Grecs :

« Avancez, vous qui voulez disputer ces prix ! » Il dit, et le grand
Ajax, fils de Télamon, se présente, ainsi que l'ingénieux Ulysse,
fertile en ruses. Ils se ceignent tous deux les reins, et s'avancent au
milieu de l'arène : ils s'étreignent de leurs bras robustes, aussi étroi-
tement que deux poutres solidement jointes par l'habile charpentier,
au faîte de l'édifice, pour braver la violence des vents. Leurs reins
craquent sous l'effort de leur vigoureuse étreinte, et la sueur ruisselle

.καθεῖσαν δὲ ἄγοντες　　　et ils *le* placèrent *l'*emmenant
ἀλλοφρονέοντα μετὰ σφίσιν·　　　étant évanoui au milieu d'eux :
αὐτοὶ δὲ οἰχόμενοι　　　et eux s'en allant,
κόμισαν δέπας ἀμφικύπελλον.　　　emportèrent la coupe double.

　Πηλείδης δὲ αἶψα　　　Or le fils-de-Pélée aussitôt
κατέθηκεν ἄλλα ἄεθλα τρίτα　　　plaça d'autres prix troisièmes,
παλαισμοσύνης ἀλεγεινῆς,　　　*ceux* de la palestre douloureuse,
δεικνύμενος Δαναοῖσι·　　　*les* montrant aux-fils-de-Danaüs :
τρίποδα μὲν μέγαν ἐμπυριβήτην　　　un trépied grand qui-va-au-feu
τῷ νικήσαντι·　　　pour celui ayant vaincu ;
Ἀχαιοὶ δὲ τῖον τὸν　　　or les Achéens estimèrent lui
δυωδεκάβοιον ἐνὶ σφίσιν·　　　du-prix-de-dix-bœufs entre eux ;
ἔθηκε δὲ γυναῖκα ἐς μέσσον　　　et il plaça une femme au milieu,
ἀνδρὶ νικηθέντι,　　　pour l'homme ayant été vaincu ;
ἐπίστατο δὲ ἔργα πολλὰ,　　　or elle savait des travaux nombreux,
τίον δέ ἑ τεσσαράβοιον.　　　et ils estimèrent elle quatre-bœufs.
Στῆ δὲ ὀρθὸς,　　　Il se tint debout,
καὶ ἔειπε μῦθον　　　et dit *ce* discours
ἐν Ἀργείοισιν·　　　parmi les Argiens :
　« Ὄρνυσθε, οἳ　　　　« Levez-vous, *vous* qui
πειρήσεσθον καὶ τούτου ἀέθλου. »　　tenterez aussi cette lutte. »
　Ἔφατο ὥς·　　　Il dit ainsi :
Αἴας δὲ μέγας Τελαμώνιος　　　et Ajax grand, fils-de-Télamon,
ὦρτο ἔπειτα·　　　s'élança ensuite ;
Ὀδυσσεὺς δὲ πολύμητις　　　et Ulysse ingénieux
εἰδὼς κέρδεα　　　sachant des ruses
ἀνίστατο ἄν.　　　se leva-debout.
Τώγε δὲ ἄρα ζωσαμένω　　　Ceux-ci donc s'étant-ceints
βάτην ἐς ἀγῶνα μέσσον,　　　allèrent dans l'arène au-milieu,
χερσὶ δὲ στιβαρῇσι　　　et de *leurs* mains robustes
λαβέτην ἀγκὰς ἀλλήλων·　　　ils se prirent aux-bras l'un-l'autre ;
ὡς ὅτε　　　comme lorsque
ἀμείβοντες　　　des *poutres* qui-se-soutiennent
δώματος ὑψηλοῖο,　　　d'une maison élevée,
τούς τε τέκτων κλυτὸς ἤραρε　　　lesquelles un architecte illustre adapta
ἀλεείνων βίας ἀνέμων.　　　évitant les violences des vents.
Νῶτα δὲ ἄρα τετρίγει　　　Or *leurs* dos certes avaient craqué
ἑλκόμενα στερεῶς　　　étant tiraillés fortement
ἀπὸ χειρῶν θρασειάων·　　　par *leurs* mains vigoureuses ;
ἱδρὼς δὲ νότιος κατέρρεε·　　　et la sueur humide découlait ;

πυκναὶ δὲ σμώδιγγες ἀνὰ πλευράς τε καὶ ὤμους
αἵματι φοινιχόεσσαι ἀνέδραμον· οἱ δὲ μάλ' αἰεὶ
νίχης ἱέσθην, τρίποδος πέρι ποιητοῖο.
Οὔτ' Ὀδυσεὺς δύνατο σφῆλαι οὐδεί τε πελάσσαι,
οὔτ' Αἴας δύνατο, κρατερὴ δ' ἔχεν ἲς Ὀδυσῆος.　　　　720
Ἀλλ' ὅτε δή ῥ' ἀνίαζον ἐϋκνήμιδας Ἀχαιοὺς,
δὴ τότε μιν προσέειπε μέγας Τελαμώνιος Αἴας·

« Διογενὲς Λαερτιάδη, πολυμήχαν' Ὀδυσσεῦ,
ἤ μ' ἀνάειρ', ἢ ἐγώ σε· τὰ δ' αὖ Διὶ πάντα μελήσει. »

Ὣς εἰπὼν, ἀνάειρε· δόλου δ' οὐ λήθετ' Ὀδυσσεύς·　　　　725
κόψ' ὄπιθεν κώληπα τυχὼν, ὑπέλυσε δὲ γυῖα·
κὰδ δ' ἔβαλ' ἐξοπίσω· ἐπὶ δὲ στήθεσσιν Ὀδυσσεὺς
κάππεσε· λαοὶ δ' αὖ θηεῦντό τε θάμβησάν τε.
Δεύτερος αὖτ' ἀνάειρε πολύτλας δῖος Ὀδυσσεὺς,
κίνησεν δ' ἄρα τυτθὸν ἀπὸ χθονὸς, οὐδέ τ' ἄειρεν,　　　　730
ἐν δὲ γόνυ γνάμψεν· ἐπὶ δὲ χθονὶ κάππεσον ἄμφω

sur leurs membres ; de nombreuses tumeurs, rouges de sang, s'élèvent
sur leurs flancs et leurs épaules. Ils sont tous deux enflammés du désir de vaincre, pour gagner le magnifique trépied. Ulysse ne peut ni
surprendre ni renverser son rival, et Ajax ne peut pas non plus triom-
pher de la puissante vigueur d'Ulysse. Cependant, voyant que les
Grecs aux belles cnémides commencent à s'impatienter, le grand
Ajax, fils de Télamon, dit à son adversaire :

« Descendant de Jupiter, fils de Laërte, ingénieux Ulysse, enlève-
moi, ou laisse-moi t'enlever, et Jupiter fera le reste. »

A ces mots il le soulève ; mais l'adresse d'Ulysse ne l'abandonne
pas. Il lui frappe le jarret, le fait plier et le jette à la renverse ;
Ulysse lui tombe lui-même sur la poitrine. L'armée les contemple en
admiration. Alors le divin Ulysse cherche à le soulever à son tour
avec ses bras robustes ; mais à peine l'a-t-il remué de terre, qu'il
fléchit le genou, et qu'ils retombent tous les deux à côté l'un de

σμώδιγγες δὲ πυκναὶ	et des tumeurs nombreuses
φοινικόεσσαι αἵματι	étant-rouges de sang
ἀνέδραμον ἀνὰ πλευράς τε	coururent et par *leurs* côtes
καὶ ὤμους·	et *par leurs* épaules ;
οἱ δὲ ἱέσθην αἰεὶ	et eux désiraient toujours
μάλα νίκης,	beaucoup la victoire,
περὶ τρίποδος ποιητοῖο.	au sujet du trépied *bien*-fabriqué.
Ὀδυσσεύς τε	Et Ulysse
οὐ δύνατο σφῆλαι	ne pouvait pas avoir fait-tomber
πελάσσαι τε οὔδει,	et fait-approcher de terre *Ajax*,
οὔτε Αἴας δύνατο,	ni Ajax ne pouvait *vaincre Ulysse ;*
ἲς δὲ κρατερὴ Ὀδυσῆος ἔχεν.	mais la force puissante d'Ulysse tenait.
Ἀλλὰ ὅτε δή ῥα	Mais lorsque donc certes
ἀνίαζον Ἀχαιοὺς	ils ennuyaient les Achéens
ἐϋκνήμιδας,	aux-belles-cnémides,
τότε δὴ Αἴας μέγας	alors certes Ajax grand,
Τελαμώνιος	fils-de-Télamon,
προσέειπέ μιν·	dit-à lui :
« Λαερτιάδη Διογενὲς,	« Fils-de-Laërte, issu-de-Jupiter,
Ὀδυσσεῦ πολυμήχανε,	Ulysse aux-nombreux-expédients,
ἢ ἀνάειρέ με,	ou soulève moi,
ἢ ἐγώ σε·	ou moi *je soulèverai* toi ;
τὰ δὲ πάντα	et toutes ces-choses
μελήσει αὖ Διί. »	seront-à-soin ensuite à Jupiter. »
Εἰπὼν ὥς,	Ayant dit ainsi,
ἀνάειρε·	il *le* souleva ;
Ὀδυσσεὺς δὲ οὐ λήθετο δόλου·	mais Ulysse n'ignora pas la ruse :
κόψε κώληπα,	il frappa le jarret *d'Ajax*,
τυχὼν ὄπιθεν,	l'ayant atteint par derrière,
ὑπέλυσε δὲ γυῖα·	et *lui* fit-fléchir les membres ;
κατέβαλε δὲ ἐξοπίσω·	et il le rejeta en arrière ;
Ὀδυσσεὺς δὲ κάππεσεν ἐπὶ στή-	Ulysse *lui* tomba sur la poitrine :
λαοὶ δὲ αὖ θηεῦντό τε [θεσσι·	or les peuples et contemplaient
θάμβησάν τε.	et furent frappés-d'admiration.
Ὀδυσσεὺς δῖος πολύτλας	Ulysse divin intrépide
ἀνάειρεν αὖτε δεύτερος,	*le* souleva à-son-tour le second,
κίνησε δὲ ἄρα τυτθὸν ἀπὸ χθονὸς,	et le remua certes un peu de terre,
οὐδὲ ἄειρεν,	mais ne *l'*enleva pas,
ἐνέγναμψε δὲ γόνυ·	il plia au contraire le genou ;
ἄμφω κάππεσον δὲ ἐπὶ χθονὶ	et tous-deux tombèrent sur la terre

πλησίοι ἀλλήλοισι, μιάνθησαν δὲ κονίῃ.

Καί νύ κε τὸ τρίτον αὖτις ἀναΐξαντ' ἐπάλαιον,
εἰ μὴ Ἀχιλλεὺς αὐτὸς ἀνίστατο, καὶ κατέρυκε·

« Μηκέτ' ἐρείδεσθον, μηδὲ τρίβεσθε κακοῖσι·   735
νίκη δ' ἀμφοτέροισιν· ἀέθλια δ' ἶσ' ἀνελόντες
ἔρχεσθ', ὄφρα καὶ ἄλλοι ἀεθλεύωσιν Ἀχαιοί. »

Ὣς ἔφαθ'· οἱ δ' ἄρα τοῦ μάλα μὲν κλύον, ἠδ' ἐπίθοντο,
καί ῥ' ἀπομορξαμένω κονίην, δύσαντο χιτῶνας.

Πηλεΐδης δ' αἶψ' ἄλλα τίθει ταχυτῆτος ἄεθλα,   740
ἀργύρεον κρητῆρα, τετυγμένον· ἓξ δ' ἄρα μέτρα
χάνδανεν, αὐτὰρ κάλλει ἐνίκα πᾶσαν ἐπ' αἶαν
πολλόν· ἐπεὶ Σιδόνες πολυδαίδαλοι εὖ ἤσκησαν,
Φοίνικες δ' ἄγον ἄνδρες ἐπ' ἠεροειδέα πόντον,
στῆσαν δ' ἐν λιμένεσσι, Θόαντι δὲ δῶρον ἔδωκαν·   745
υἷος δὲ Πριάμοιο Λυκάονος ὦνον ἔδωκε
Πατρόκλῳ ἥρωϊ Ἰησονίδης Εὔνηος.

Καὶ τὸν Ἀχιλλεὺς θῆκεν ἄεθλιον οὗ ἑτάροιο,
ὅστις ἐλαφρότατος ποσσὶ κραιπνοῖσι πέλοιτο·

l'autre, dans la poussière. Ils allaient pour la troisième fois recommencer la lutte, quand Achille s'avance lui-même et les retient :

« Ne luttez plus, et ne vous lassez pas par de funestes combats; vous êtes tous les deux vainqueurs. Recevez des prix égaux, et laissez les autres Grecs lutter à leur tour. »

Il dit, et les deux guerriers obéissent à sa voix; ils essuient la poussière qui les couvre, et revêtent leur tunique.

Aussitôt le fils de Pélée propose d'autres prix pour la course. C'est un cratère d'argent artistement travaillé, qui contient six mesures, et qui, pour la beauté, est incomparable par toute la terre. C'était l'ouvrage des ingénieux Sidoniens; et des Phéniciens, après lui avoir fait parcourir la sombre étendue des mers, de port en port, en avaient fait présent à Thoas. Eunée, fils de Jason, l'avait donné à Patrocle pour la rançon de Lycaon, fils de Priam. Ce prix qui vient de son ami, Achille veut le décerner à celui qui sera le plus léger à

πλησίοι ἀλλήλοισι,   voisins l'un-de-l'autre,
μιάνθησαν δὲ κονίη.   et furent souillés par la poussière.
Καί νύ κεν ἐπάλαιον   Et certes ils auraient-lutté
τὸ τρίτον,   pour la troisième fois,
ἀναΐξαντε αὖτις,   s'étant relevés de nouveau,
εἰ Ἀχιλλεὺς αὐτὸς μὴ ἀνίστατο,   si Achille lui-même ne s'était levé,
καὶ κατέρυκε·   et ne les eût arrêtés :
« Μηκέτι ἐρείδεσθον,   « Ne luttez plus tous-deux,
μηδὲ τρίβεσθε κακοῖσι·   et ne vous broyez plus par des maux ;
νίκη δὲ ἀμφοτέροισιν·   mais la victoire est à tous-deux ;
ἀνελόντες δὲ ἀέθλια ἴσα   et ayant enlevé des prix égaux
ἔρχεσθε,   allez-vous-en,
ὄφρα καὶ ἄλλοι Ἀχαιοὶ   afin que les autres Achéens aussi
ἀεθλεύωσιν. »   puissent-lutter. »
Ἔφατο ὥς·   Il dit ainsi :
οἱ δὲ ἄρα κλύον μάλα τοῦ μὲν,   et eux donc écoutèrent fort celui-ci,
ἠδὲ ἐπίθοντο,   et obéirent,
καί ῥα ἀπομορξαμένω κονίην,   et certes ayant essuyé la poussière,
δύσαντο χιτῶνας.   ils revêtirent leurs tuniques.
Πηλείδης δὲ τίθει αἶψα   Or le fils-de-Pélée plaçait aussitôt
ἄλλα ἄεθλα ταχυτῆτος,   d'autres prix de la vitesse,
κρητῆρα ἀργύρεον τετυγμένον·   un cratère d'argent bien-façonné :
χάνδανε δὲ ἄρα   or donc il avait-en -capacité
ἓξ μέτρα,   six mesures,
αὐτὰρ ἐνίκα πολλὸν κάλλει   mais il surpassait beaucoup en beauté
ἐπὶ πᾶσαν αἶαν·   ceux sur toute la terre ;
ἐπεὶ Σιδόνες πολυδαίδαλοι   puisque des Sidoniens industrieux
ἤσκησαν εὖ,   le travaillèrent bien,
ἄνδρες δὲ Φοίνικες   et des hommes Phéniciens
ἄγον ἐπὶ πόντον ἠεροειδέα,   le portèrent par la mer nébuleuse,
στῆσαν δὲ ἐν λιμένεσσιν,   et le placèrent dans des ports,
ἔδωκαν δὲ δῶρον Θόαντι·   et le donnèrent en-présent à Thoas ;
Εὔνηος δὲ Ἰησονίδης   et Eunée fils-de-Jason
ἔδωκεν ὦνον   le donna comme rançon
Λυκάονος υἱὸς Πριάμοιο   de Lycaon fils de Priam
Πατρόκλῳ ἥρωϊ.   à Patrocle héros.
Καὶ Ἀχιλλεὺς θῆκε τὸν   Et Achille plaça lui
ἀέθλιον οὗ ἑτάροιο   prix-des-jeux de son compagnon
ὅστις πέλοιτο ἐλαφρότατος   à celui qui serait le plus léger
ποσσὶ κραιπνοῖσι·   par les pieds rapides ;

δευτέρῳ αὖ βοῦν θῆκε μέγαν καὶ πίονα δημῷ·   750
ἡμιτάλαντον δὲ χρυσοῦ λοισθήϊ' ἔθηκε.
Στῆ δ' ὀρθὸς, καὶ μῦθον ἐν Ἀργείοισιν ἔειπεν·
« Ὄρνυσθ', οἳ καὶ τούτου ἀέθλου πειρήσεσθε. »

   Ὣς ἔφατ'· ὤρνυτο δ' αὐτίκ' Ὀϊλῆος ταχὺς Αἴας,
ἂν δ' Ὀδυσεὺς πολύμητις, ἔπειτα δὲ Νέστορος υἱὸς,   755
Ἀντίλοχος· ὁ γὰρ αὖτε νέους ποσὶ πάντας ἐνίκα.
[Στὰν δὲ μεταστοιχί· σήμηνε δὲ τέρματ' Ἀχιλλεύς.]
Τοῖσι δ' ἀπὸ νύσσης τέτατο δρόμος· ὦκα δ' ἔπειτα
ἔκφερ' Ὀϊλιάδης· ἐπὶ δ' ὤρνυτο δῖος Ὀδυσσεὺς
ἄγχι μάλ'· ὡς ὅτε τίς τε γυναικὸς ἐϋζώνοιο   760
στήθεός ἐστι κανὼν, ὅντ' εὖ μάλα χερσὶ τανύσσῃ,
πηνίον ἐξέλκουσα· παρὲκ μίτον, ἀγχόθι δ' ἴσχει
στήθεος· ὣς Ὀδυσεὺς θέεν ἐγγύθεν· αὐτὰρ ὄπισθεν
ἴχνια τύπτε πόδεσσι, πάρος κόνιν ἀμφιχυθῆναι·
κὰδ δ' ἄρα οἱ κεφαλῆς χέ' ἀϋτμένα δῖος Ὀδυσσεὺς,   765

la course. Au second il destine un bœuf gros et gras; et un demi-talent d'or au dernier. Il se lève et dit, en s'avançant au milieu des
Grecs : « Avancez, vous qui voulez concourir pour ces prix ! »

Il dit. Aussitôt se présente le fils d'Oïlée, l'impétueux Ajax ; puis
l'adroit Ulysse, et enfin Antiloque, fils de Nestor : c'était de tous les
jeunes gens le plus rapide à la course. Ils s'alignent sur le même rang,
et Achille leur montre le but. La carrière s'étend devant eux. Alors le
fils d'Oïlée s'élance avec rapidité, et le divin Ulysse le suit de très-
près. D'aussi près qu'une femme à la belle ceinture, en passant le fil
dans la trame, tient la navette de sa poitrine : d'aussi près Ulysse
suivait Ajax. Ses pieds prennent la trace des siens avant que la poussière ne s'en élève ; et le divin Ulysse échauffe de son souffle la tête

θῆκεν αὖ δευτέρῳ	il plaça ensuite pour le second
βοῦν μέγαν καὶ πίονα δημῷ·	un bœuf grand et gras de graisse ;
ἔθηκε δὲ λοισθήιῳ	et il plaça pour le dernier
ἡμιτάλαντον χρυσοῦ.	un demi-talent d'or.
Στῆ δὲ ὀρθὸς,	Or il se tint debout,
καὶ ἔειπε μῦθον	et dit *ce* discours
ἐν Ἀργείοισιν·	parmi les Argiens :
« Ὄρνυσθε, οἳ	« Levez-vous, *vous* qui
πειρήσεσθε καὶ τούτου ἀέθλου. »	tenterez aussi cette lutte. »
Ἔφατο ὥς·	Il dit ainsi :
Αἴας δὲ ταχὺς Ὀιλῆος	or Ajax rapide *fils* d'Oïlée
ὥρνυτο αὐτίκα,	s'élança aussitôt,
Ὀδυσσεὺς δὲ πολύμητις ἄν,	et Ulysse ingénieux se leva,
ἔπειτα δὲ Ἀντίλοχος	et ensuite Antiloque
υἱὸς Νέστορος·	le fils de Nestor ;
ὁ γὰρ ἐνίκα αὖτε	car celui-ci surpassait à-son-tour
πάντας νέους ποσί.	tous les jeunes-gens par les pieds.
[Στὰν δὲ μεταστοιχί·	[Or ils se tinrent-debout de-front ;
Ἀχιλλεὺς δὲ σήμηνε τέρματα.]	et Achille désigna le but.]
Δρόμος δὲ τέτατο τοῖσιν	Et la course fut étendue à eux
ἀπὸ νύσσης·	loin de la barrière ;
Ὀιλιάδης δὲ ἔπειτα	et le fils-d'Oïlée ensuite
ἔκφερεν ὦκα·	s'emportait précipitamment ;
Ὀδυσσεὺς δὲ δῖος	et Ulysse divin
ἐπώρνυτο μάλα ἄγχι·	s'élança-après *lui* de très près ;
ὡς ὅτε τίς τε κανὼν	comme lorsque une navette
ἐστὶ στήθεος	est *près* de la poitrine
γυναικὸς ἐϋζώνοιο,	d'une femme à-la-belle-ceinture,
ὅντε τανύσσῃ	laquelle *navette* elle a poussée
μάλα εὖ χερσὶν,	très bien de *ses* mains,
ἐξέλκουσα πηνίον παρὲκ μίτον,	tirant le fil à travers la chaîne,
ἴσχει δὲ ἀγχόθι στήθεος·	et *que* elle tient près de *sa* poitrine ;
ὡς Ὀδυσεὺς θέεν ἐγγύθεν·	ainsi Ulysse courait de près :
αὐτὰρ τύπτε πόδεσσιν	or il frappait de *ses* pieds
ἴχνια ὄπισθε,	*ses* traces par derrière,
πάρος κόνιν	avant la poussière
ἀμφιχυθῆναι·	avoir été versée-autour ;
Ὀδυσσεὺς δὲ ἄρα δῖος	et Ulysse certes divin
κατέχεε κεφαλῆς οἱ	versait-contre la tête à lui
ἀΰτμενα ,	*son* haleine,

αἰεὶ ῥίμφα θέων· ἴαχον δ' ἐπὶ πάντες Ἀχαιοὶ
νίκης ἱεμένῳ, μάλα δὲ σπεύδοντι κέλευον.
Ἀλλ' ὅτε δὴ πύματον τέλεον δρόμον, αὐτίχ' Ὀδυσσεὺς
εὔχετ' Ἀθηναίη γλαυκώπιδι ὃν κατὰ θυμόν·
« Κλῦθι, θεά, ἀγαθή μοι ἐπίρροθος ἐλθὲ ποδοῖϊν. »   770
    Ὣς ἔφατ' εὐχόμενος· τοῦ δ' ἔκλυε Παλλὰς Ἀθήνη·
γυῖα δ' ἔθηκεν ἐλαφρά, πόδας, καὶ χεῖρας ὕπερθεν.
Ἀλλ' ὅτε δὴ τάχ' ἔμελλον ἐπαΐξασθαι ἄεθλον,
ἔνθ' Αἴας μὲν ὄλισθε θέων (βλάψεν γὰρ Ἀθήνη),
τῇ ῥα βοῶν κέχυτ' ὄνθος ἀποκταμένων ἐριμύκων,   775
οὓς ἐπὶ Πατρόκλῳ πέφνεν πόδας ὠκὺς Ἀχιλλεύς·
ἐν δ' ὄνθου βοέου πλῆτο στόμα τε ῥῖνάς τε.
Κρητῆρ' αὖτ' ἀνάειρε πολύτλας δῖος Ὀδυσσεύς,
ὡς ἦλθε φθάμενος· ὁ δὲ βοῦν ἕλε φαίδιμος Αἴας·
στῆ δὲ κέρας μετὰ χερσὶν ἔχων βοὸς ἀγραύλοιο,   780
ὄνθον ἀποπτύων, μετὰ δ' Ἀργείοισιν ἔειπεν·

de son rival, dans son ardente poursuite. Tous les Grecs applaudissent à ses efforts pour obtenir la victoire, et l'encouragent à redou-
bler d'ardeur. Lorsqu'ils vont achever la course, Ulysse prie dans
son cœur Minerve aux yeux d'azur. « Exauce-moi, déesse, et viens à
mon secours ! »

Telle fut sa prière, et Minerve Pallas l'exauça; elle donna plus de
souplesse à ses membres, à ses pieds, à ses mains; et au moment de
gagner le prix, Ajax tomba (grâce à Minerve) dans la fiente des taureaux qu'avait immolés Achille aux pieds légers, pour les funérailles
de Patrocle, et s'en remplit la bouche et les narines. Le divin Ulysse,
toujours infatigable, le devance, et enlève le prix. L'illustre Ajax n'a
pour lui que le taureau. Mais tenant de ses mains les cornes du taureau sauvage, et crachant la fiente qui le souille, il s'écrie au milieu
des Grecs :

θέων αἰεὶ ῥίμφα·	courant toujours précipitamment ;
πάντες δὲ Ἀχαιοὶ	et tous les Achéens
ἐπίαχον	applaudissaient à *lui*
ἱεμένω νίκης,	désirant-ardemment la victoire,
κέλευον δὲ	et encourageaient
σπεύδοντι μάλα.	*lui* se hâtant beaucoup.
Ἀλλὰ ὅτε τέλεον δὴ	Mais lorsque ils achevaient certes
δρόμον πύματον,	la course extrême,
Ὀδυσσεὺς αὐτίκα εὔχετο	Ulysse aussitôt invoqua
Ἀθηναίη γλαυκώπιδι	Minerve aux-yeux-bleus
κατὰ ὃν θυμόν·	dans son cœur :
« Κλῦθι, θεά,	« Aie écouté, déesse,
ἐλθὲ ἐπίρροθος ἀγαθὴ	sois venue auxiliaire bonne
ποδοῖΐν μοι. »	aux pieds à moi. »
Ἔφατο ὣς εὐχόμενος·	Il dit ainsi priant ;
Παλλὰς δὲ Ἀθήνη ἔκλυε τοῦ·	et Pallas Minerve exauça lui :
ἔθηκε δὲ γυῖα ἐλαφρά,	or elle rendit *ses* membres légers,
πόδας καὶ χεῖρας ὕπερθεν.	les pieds et les mains en-haut.
Ἀλλὰ ὅτε δὴ	Mais lorsque certes
ἔμελλον τάχα	ils allaient bientôt
ἐπαΐξασθαι ἄεθλον,	s'être élancés-sur le prix,
ἔνθα Αἴας μὲν ὄλισθε θέων	alors Ajax glissa en courant
(Ἀθήνη γὰρ βλάψε),	(car Minerve *lui* nuisit),
τῇ ῥα κέχυτο	par où certes avait été répandu
ὄνθος βοῶν ἐριμύκων	le fumier des bœufs mugissants
ἀποκταμένων,	ayant été tués,
οὓς Ἀχιλλεὺς	lesquels Achille
ὠκὺς πόδας	rapide *par* les pieds
πέφνεν ἐπὶ Πατρόκλῳ	tua en-l'honneur-de Patrocle ;
ἐνέπλητο δὲ ὄνθου βοέου	et il était rempli de fumier de-bœuf
στόμα τε ῥῖνάς τε.	*quant* à la bouche et aux narines.
Ὀδυσσεὺς δῖος πολύτλας	Ulysse divin intrépide
ἐνάειρεν αὖτε κρητῆρα,	enleva de son côté le cratère,
ὡς ἦλθε φθάμενος·	comme il vint *l'*ayant devancé ;
ὁ δὲ Αἴας φαίδιμος ἕλε βοῦν·	et Ajax brillant prit le bœuf ;
στῆ δὲ	et il se tint-debout
ἔχων μετὰ χερσὶ	ayant dans les mains
κέρας βοὸς ἀγραύλοιο,	la corne du bœuf sauvage,
ἀποπτύων ὄνθον,	crachant le fumier,
μετέειπε δὲ Ἀργείοισιν·	et il dit-aux Argiens :

« Ὦ πόποι, ἦ μ' ἔϐλαψε θεὰ πόδας, ἣ τοπάρος περ,
μήτηρ ὣς, Ὀδυσῆϊ παρίσταται ἠδ' ἐπαρήγει. »

Ὣς ἔφαθ'· οἱ δ' ἄρα πάντες ἐπ' αὐτῷ ἡδὺ γέλασσαν.
Ἀντίλοχος δ' ἄρα δὴ λοισθήϊον ἔκφερ' ἄεθλον,   785
μειδιόων, καὶ μῦθον ἐν Ἀργείοισιν ἔειπεν·

« Εἰδόσιν ὕμμ' ἐρέω πᾶσιν, φίλοι, ὡς ἔτι καὶ νῦν
ἀθάνατοι τιμῶσι παλαιοτέρους ἀνθρώπους.
Αἴας μὲν γὰρ ἐμεῖ' ὀλίγον προγενέστερός ἐστιν·
οὗτος δὲ προτέρης γενεῆς προτέρων τ' ἀνθρώπων·   790
ὠμογέροντα δέ μίν φασ' ἔμμεναι· ἀργαλέον δὲ
ποσσὶν ἐριδδήσασθαι Ἀχαιοῖς, εἰ μὴ Ἀχιλλεῖ. »

Ὣς φάτο· κύδηνεν δὲ ποδώκεα Πηλείωνα.
Τὸν δ' Ἀχιλεὺς μύθοισιν ἀμειϐόμενος προσέειπεν·

« Ἀντίλοχ', οὐ μέν τοι μέλεος εἰρήσεται αἶνος,   795
ἀλλά τοι ἡμιτάλαντον ἐγὼ χρυσοῦ ἐπιθήσω. »

Ὣς εἰπών, ἐν χερσὶ τίθει· ὁ δ' ἐδέξατο χαίρων.

« Dieux ! mes pieds ont été mis en défaut par la déesse, qui depuis
longtemps assiste Ulysse et le protége avec la sollicitude d'une mère. »

Il dit, et tòut le monde se met à rire en le regardant. Antiloque,
remportant le dernier prix, sourit. et dit aux Grecs :

« Amis, vous savez combien les immortels aiment encore à favo·
riser nos aînés. Ajax est un peu plus-âgé que moi, et Ulysse est de
la génération précédente ; mais il est encore d'une verte vieillesse,
et pour tout autre qu'Achille, il est difficile de lui disputer le prix de
la course. »

Il parla ainsi, à la louange du fils de Pélée aux pieds légers. Alors
Achille lui répond :

« Antiloque, tu n'auras pas fait en vain mon éloge, et je veux
ajouter à ton prix un demi talent d'or. »

A ces mots, il le lui donne, et Antiloque le reçoit, plein de joie. En-

« Ὦ πόποι, ἦ θεὰ
ἔβλαψέ με πόδας,
ἦ τοπάρος περ
παρίσταται ἠδὲ ἐπαρήγει Ὀδυσῆϊ,
ὡς μήτηρ. »
Ἔφατο ὥς·
οἱ δὲ πάντες ἄρα
ἐπεγέλασσαν αὐτῷ ἡδύ.
Ἀντίλοχος δὲ ἄρα δὴ
ἔκφερε ἄεθλον λοισθήϊον,
μειδιόων,
καὶ ἔειπε μῦθον ἐν Ἀργείοισιν·
« Ἐρέω, φίλοι,
ὔμμιν εἰδόσι πᾶσιν,
ὡς ἀθάνατοι
ἔτι καὶ νῦν
τιμῶσιν ἀνθρώπους παλαιοτέρους.
Αἴας μὲν γάρ ἐστιν
ὀλίγον προγενέστερος ἐμεῖο·
οὗτος δὲ
γενεῆς προτέρης
ἀνθρώπων τε προτέρων·
φασὶ δέ μιν ἔμμεναι
ὠμογέροντα·
ἀργαλέον δὲ Ἀχαιοῖς
ἐριδδήσασθαι ποσσὶν,
εἰ μὴ Ἀχιλλεῖ. »
Φάτο ὥς·
κύδηνε δὲ Πηλείωνα
ποδώκεα.
Ἀχιλεὺς δὲ προσέειπεν
ἀμειβόμενος μύθοισιν·
« Αἶνος μὲν,
Ἀντίλοχε,
οὐκ εἰρήσεται μέλεός τοι,
ἀλλὰ ἐγὼ ἐπιθήσω τοι
ἡμιτάλαντον χρυσοῦ. »
Εἰπὼν ὥς,
τίθει ἐν χερσίν·
ὁ δὲ ἐδέξατο χαίρων.

« O dieux, certainement une déesse
a blessé moi *aux* pieds,
celle qui dès-long-temps certes
assiste et secourt Ulysse,
comme une mère. »
Il dit ainsi :
et eux tous certes
rirent de lui agréablement.
Or donc Antiloque certes
emportait le prix dernier,
en souriant,
et dit *ce* discours parmi les Argiens :
« Je dirai, amis,
à vous *le* sachant tous,
que les immortels
encore même à présent
honorent les hommes plus anciens.
Car Ajax d'un côté est
un peu plus-âgé *que* moi ;
celui-ci d'un autre côté *est*
de la génération précédente
et des hommes précédents ;
et l'on dit lui être
vieillard-encore-vert ;
mais *il est* difficile aux Achéens
d'avoir lutté avec les pieds *contre lui*,
si ce n'est à Achille. »
Il dit ainsi :
et il loua le fils-de-Pélée
aux-pieds-rapides.
Et Achille dit
répondant par *ces* paroles :
« La louange à la vérité,
Antiloque,
ne sera pas dite en-vain à toi (par toi),
mais moi j'ajouterai pour toi
un demi-talent d'or. »
Ayant dit ainsi,
il *le lui* plaçait dans les mains,
et *lui le* reçut se réjouissant.

Αὐτὰρ Πηλείδης κατὰ μὲν δολιχόσκιον ἔγχος
Θῆκ᾽ ἐς ἀγῶνα φέρων, κατὰ δ᾽ ἀσπίδα καὶ τρυφάλειαν,
τεύχεα Σαρπήδοντος, ἅ μιν Πάτροκλος ἀπηύρα.   800
Στῆ δ᾽ ὀρθός, καὶ μῦθον ἐν Ἀργείοισιν ἔειπεν·

« Ἄνδρε δύω περὶ τῶνδε κελεύομεν, ὥπερ ἀρίστω,
τεύχεα ἑσσαμένω, ταμεσίχροα χαλκὸν ἑλόντε,
ἀλλήλων προπάροιθεν ὁμίλου πειρηθῆναι.
Ὁππότερός κε φθῆσιν ὀρεξάμενος χρόα καλὸν,   805
ψαύσῃ δ᾽ ἐνδίνων διά τ᾽ ἔντεα καὶ μέλαν αἷμα,
τῷ μὲν ἐγὼ δώσω τόδε φάσγανον ἀργυρόηλον,
καλὸν, Θρηΐκιον, τὸ μὲν Ἀστεροπαῖον ἀπηύρων.
Τεύχεα δ᾽ ἀμφότεροι ξυνήϊα ταῦτα φερέσθων·
καί σφιν δαῖτ᾽ ἀγαθὴν παραθήσομεν ἐν κλισίῃσιν. »   810

Ὡς ἔφατ᾽· ὦρτο δ᾽ ἔπειτα μέγας Τελαμώνιος Αἴας,
ἂν δ᾽ ἄρα Τυδείδης ὦρτο, κρατερὸς Διομήδης.
Οἱ δ᾽ ἐπεὶ οὖν ἑκάτερθεν ὁμίλου θωρήχθησαν,
ἐς μέσον ἀμφοτέρω συνίτην, μεμαῶτε μάχεσθαι,
δεινὸν δερκομένω· θάμβος δ᾽ ἔχε πάντας Ἀχαιούς.   815
Ἀλλ᾽ ὅτε δὴ σχεδὸν ἦσαν ἐπ᾽ ἀλλήλοισιν ἰόντες,

suite Achille apporte au milieu de l'arène une lance qui projette au loin son ombre, un casque et un bouclier, qui avaient appartenu à Sarpédon, et dont l'avait dépouillé Patrocle ; puis il s'avance au milieu des Grecs, et dit :

« Nous invitons les deux plus vaillants guerriers à revêtir leurs armes, et à prendre le fer homicide pour se disputer ce prix en présence de l'armée. Au premier qui atteindra le corps de l'autre et lui percera les entrailles à travers l'armure, d'où coulera le sang, je donne cette belle épée de Thrace, aux clous d'argent, que j'ai enlevée à Astéropée. Les deux rivaux se partageront les armes de Sarpédon, et nous leur ferons dresser un magnifique festin sous les tentes. »

Il dit. Alors se présentent le grand Ajax, fils de Télamon, et le fils de Tydée, le puissant Diomède. Après s'être armés à l'écart, ils s'avancent l'un sur l'autre, brûlant du désir d'en venir aux mains, et se lançant des regards terribles, qui glacent d'effroi tous les Grecs. Quand ils se sont joints, ils s'attaquent trois fois ; trois fois ils se

Αὐτὰρ Πηλείδης μὲν	Or le fils de Pélée
κατέθηκε ἔγχος δολιχόσκιον	déposa un javelot à-l'ombre-longue
φέρων ἐς ἀγῶνα,	le portant dans l'arène,
κατέθηκε δὲ ἀσπίδα καὶ τρυφάλειαν,	déposa aussi un bouclier et un casque,
τεύχεα Σαρπήδοντος,	armes de Sarpédon,
ἃ Πάτροκλος ἀπηύρα μιν.	dont Patrocle dépouilla lui.
Στῆ δὲ ὀρθὸς,	Et il se tint-debout droit,
καὶ ἔειπε μῦθον ἐν Ἀργείοισι·	et dit ce discours parmi les Argiens :
« Κελεύομεν δύω ἄνδρε,	« Nous ordonnons deux hommes,
ὥπερ ἀρίστω,	ceux qui seront les plus braves,
ἐσσαμένω τεύχεα,	ayant revêtu leurs armes,
ἐλόντε χαλκὸν ταμεσίχροα,	ayant pris l'airain qui-coupe-la-chair,
πειρηθῆναι ἀλλήλων	s'être essayés l'un l'autre
προπάροιθεν ὁμίλου	en présence de la foule
περὶ τῶνδε.	au-sujet-de-ces-choses.
Ὁππότερός κε φθῆσιν	Celui-des-deux-qui aura devancé,
ὀρεξάμενος χρόα καλὸν,	ayant atteint la chair belle,
ψαύσῃ δὲ ἐνδίνων	et aura touché les entrailles,
διὰ ἔντεά τε καὶ αἷμα μέλαν,	à travers et les armes et le sang noir,
ἐγὼ μὲν	moi à la vérité
δώσω τόδε φάσγανον	je lui donnerai cette épée
ἀργυρόηλον, καλὸν, Θρήϊκιον,	aux-clous-d'argent, belle, de-Thrace,
τὸ μὲν ἀπηύρων Ἀστεροπαῖον.	dont je dépouillai Astéropée.
Ἀμφότεροι δὲ φερέσθων	Et tous-deux qu'ils emportent
ταῦτα τεύχεα ξυνήϊα·	ces armes-ci en-commun ;
καὶ παραθήσομέν σφι	et nous préparerons à eux
δαῖτα ἀγαθὴν ἐν κλισίῃσιν. »	un repas bon dans les tentes. »
Ἔφατο ὥς·	Il dit ainsi :
Αἴας δὲ μέγας Τελαμώνιος	or Ajax grand, fils-de-Télamon,
ὄρτο ἔπειτα,	s'élança ensuite,
Διομήδης δὲ κρατερὸς Τυδείδης	et Diomède puissant, fils de Tydée,
ἐνῶρτο ἄρα.	se leva-vivement certes.
Ἐπεὶ δὲ οὖν οἱ θωρήχθησαν	Et donc lorsque eux se furent armés
ἑκάτερθεν ὁμίλου,	des deux côtés de la foule,
ἀμφοτέρω συνίτην ἐς μέσον,	tous-deux s'avancèrent au milieu,
μεμαῶτε μάχεσθαι,	désirant-ardemment combattre,
δερκομένω δεινόν·	regardant d'une-manière-terrible ;
θάμβος δὲ ἔχε πάντας Ἀχαιούς.	et l'effroi tenait tous les Achéens.
Ἀλλὰ ὅτε ἦσαν σχεδὸν	Mais lorsque ils furent près,
ἰόντες δὴ ἐπὶ ἀλλήλοισιν,	étant allés certes l'un-sur-l'autre,

τρὶς μὲν ἐπήϊξαν, τρὶς δὲ σχεδὸν ὡρμήθησαν.
Ἔνθ' Αἴας μὲν ἔπειτα κατ' ἀσπίδα πάντοσ' ἐΐσην
νύξ', οὐδὲ χρό' ἵκανεν· ἔρυτο γὰρ ἔνδοθι θώρηξ.
Τυδείδης δ' ἄρ' ἔπειτα ὑπὲρ σάκεος μεγάλοιο   82(
αἰὲν ἐπ' αὐχένι κῦρε φαεινοῦ δουρὸς ἀκωκῇ·
Καὶ τότε δή ῥ', Αἴαντι περριδδείσαντες, Ἀχαιοὶ
παυσαμένους ἐκέλευσαν ἀέθλια ἶσ' ἀνελέσθαι.
Αὐτὰρ Τυδείδη δῶκεν μέγα φάσγανον ἥρως·
σὺν κολεῷ τε φέρων καὶ ἐϋτμήτῳ τελαμῶνι.   825

   Αὐτὰρ Πηλείδης θῆκεν σόλον αὐτοχόωνον[1],
ὃν πρὶν μὲν ῥίπτασκε μέγα σθένος Ἠετίωνος·
ἀλλ' ἤτοι τὸν ἔπεφνε ποδάρκης δῖος Ἀχιλλεύς,
τὸν δ' ἄγετ' ἐν νήεσσι σὺν ἄλλοισι πτεάτεσσι.
Στῆ δ' ὀρθὸς, καὶ μῦθον ἐν Ἀργείοισιν ἔειπεν·   830
   « Ὄρνυσθ', οἳ καὶ τούτου ἀέθλου πειρήσεσθε.
Εἴ οἱ καὶ μάλα πολλὸν ἀπόπροθι πίονες ἀγροὶ,
ἕξει μιν καὶ πέντε περιπλομένους ἐνιαυτοὺς
χρεώμενος· οὐ μὲν γάρ οἱ ἀτεμβόμενός γε σιδήρου
ποιμὴν, οὐδ' ἀροτὴρ, εἶσ' ἐς πόλιν, ἀλλὰ παρέξει. »   335

donnent l'assaut : Ajax perce le large bouclier de Diomède, mais
sans l'atteindre lui-même, parce que derrière le bouclier il rencontra
la cuirasse. Le fils de Tydée à son tour tâchait d'atteindre derrière
son large bouclier son adversaire à la gorge, avec la pointe de sa
lance brillante. Alors les Grecs, craignant pour Ajax, mirent fin au
combat, et décernèrent aux deux guerriers des prix égaux. Seulement, Achille donna au fils de Tydée la grande épée avec son fourreau et son magnifique baudrier.

Puis le fils de Pélée apporte le disque énorme que le robuste Éétion
avait jadis coutume de lancer. Mais le divin Achille aux pieds légers
l'a tué et a pris son disque avec ses autres richesses, qu'il emporta
sur ses navires. Il s'avance parmi les Grecs, et leur dit :

« Levez-vous, si vous voulez disputer ce prix ! Celui qui le lancera
le plus loin dans la fertile campagne, aura, pour cinq années en-
tières, de quoi fournir de fer son berger et son laboureur, qui n'au-
ront pas besoin d'en aller chercher à la ville. »

ἐπήϊξαν μὲν τρὶς, — et ils firent-assaut trois-fois,

τρὶς δὲ ὡρμήθησαν σχεδόν. — et trois-fois ils s'élancèrent de près.

Ἔνθα Αἴας μὲν νύξεν ἔπειτα — Alors Ajax à la vérité perça ensuite

κατὰ ἀσπίδα — à travers le bouclier

ἐΐσην πάντοσε, — égal de-tous-côtés,

οὐδὲ ἵκανε χρόα· — mais il ne parvint pas à la chair;

θώρηξ γὰρ ἔρυτο ἔνδοθι. — car la cuirasse *le* protégeait en dedans.

Τυδείδης δὲ ἄρα — Mais le-fils-de-Tydée certes

ἐπικῦρεν αἰὲν ἔπειτα αὐχένι — rencontrait ensuite toujours le cou

ὑπὲρ σάκεος μεγάλοιο — par dessus le bouclier grand

ἀκωκῇ δουρὸς φαεινοῦ. — *avec* la pointe du javelot brillant.

Καὶ τότε δή ῥα Ἀχαιοὶ, — Et alors donc certes les Achéens,

περιδδείσαντες Αἴαντι, — ayant craint pour Ajax,

ἐκέλευσαν παυσαμένους — ordonnèrent *eux* ayant cessé

ἀνελέσθαι ἄεθλια ἴσα. — avoir enlevé des prix égaux.

Αὐτὰρ ἥρως δῶκε Τυδείδῃ — Or le héros donna au fils-de-Tydée

φάσγανον μέγα, — une épée grande,

φέρων σὺν κολεῷ τε — *la* portant avec et le fourreau

καὶ τελαμῶνι εὐτμήτῳ. — et le baudrier bien-taillé.

Αὐτὰρ Πηλείδης — Cependant le fils-de-Pélée

θῆκε σόλον αὐτοχόωνον, — plaça une masse fondue-et-brute,

ὃν πρὶν μὲν — laquelle auparavant à la vérité

σθένος μέγα Ἠετίωνος ῥίπτασκεν· — la force grande d'Éétion lançait;

ἀλλὰ ἤτοι Ἀχιλλεὺς δῖος — mais certes Achille divin,

ποδάρκης — aux-pieds-forts,

ἔπεφνε τὸν, — tua lui,

ἤγετο δὲ ἐν νήεσσι — et emporta dans *ses* vaisseaux

τὸν σὺν ἄλλοισι κτεάτεσσι. — le *disque* avec *ses* autres richesses.

Στῆ δὲ ὀρθὸς — Or il se tint-debout droit

καὶ ἔειπε μῦθον ἐν Ἀργείοισιν· — et dit *ce* discours parmi les Argiens :

« Ὄρνυσθε, οἳ — « Levez-vous, *vous* qui

πειρήσεσθε καὶ τούτου ἀέθλου. — tenterez aussi cette lutte.

Εἰ ἀγροὶ πίονες — Si les champs gras *s'étendent*

καὶ μάλα πολλὸν ἀπόπροθί οἱ, — aussi très loin à celui *lançant-le-dis-*

ἕξει μιν χρεώμενος — il aura ce *disque* s'en servant   [*que*,

καὶ πέντε ἐνιαυτοὺς περιπλομένους· — même cinq ans révolus :

τοῖμην μὲν γὰρ οὐδὲ ἀροτὴρ — car le berger certes ni le laboureur

οὐκ εἰσίν οἱ ἐς πόλιν, — n'ira à lui à la ville,

ἀτεμβόμενός γε σιδήρου, — privé du moins de fer,

ἀλλὰ παρέξει. » — mais il *leur en* donnera. »

Ὣς ἔφατ'· ὧρτο δ' ἔπειτα μενεπτόλεμος Πολυποίτης,
ἂν δὲ Λεοντῆος κρατερὸν μένος ἀντιθέοιο,
ἂν δ' Αἴας Τελαμωνιάδης καὶ δῖος Ἐπειός.
Ἑξείης δ' ἵσταντο· σόλον δ' ἕλε δῖος Ἐπειός,
ἧκε δὲ δινήσας· γέλασαν δ' ἐπὶ πάντες Ἀχαιοί.   840
Δεύτερος αὖτ' ἀφέηκε Λεοντεὺς, ὄζος Ἄρηος·
τὸ τρίτον αὖτ' ἔῤῥιψε μέγας Τελαμώνιος Αἴας
[χειρὸς ἄπο στιβαρῆς, καὶ ὑπέρβαλε σήματα πάντων.]
Ἀλλ' ὅτε δὴ σόλον εἷλε μενεπτόλεμος Πολυποίτης,
ὅσσον τίς τ' ἔῤῥιψε καλαύροπα βουκόλος ἀνὴρ   845
(ἣ δέ θ' ἑλισσομένη πέτεται διὰ βοῦς ἀγελαίας),
τόσσον παντὸς ἀγῶνος ὑπέρβαλε· τοὶ δ' ἐβόησαν.
Ἀναστάντες δ' ἕταροι Πολυποίταο κρατεροῖο
νῆας ἔπι γλαφυρὰς ἔφερον βασιλῆος ἄεθλον.

Αὐτὰρ ὁ τοξευτῇσι τίθει ἰόεντα σίδηρον,   850
κὰδ' δ' ἐτίθει δέκα μὲν πελέκεας, δέκα δ' ἡμιπέλεκκα·
ἱστὸν δ' ἔστησεν νηὸς κυανοπρώροιο
τηλοῦ ἐπὶ ψαμάθοις· ἐκ δὲ τρήρωνα πέλειαν

Il dit. Alors s'élancent le belliqueux Polypète, le puissant Léontée égal aux dieux, Ajax, fils de Télamon, et le divin Épéus, qui se rangent sur la même ligne. Le divin Épéus saisit la masse de fer, et la lance en la faisant tournoyer en l'air. Tous les Grecs se mettent à rire. Le second qui la jette est Léontée, fils de Mars; le troisième est le grand Ajax, fils de Télamon, qui la lance d'un bras vigoureux, et dépasse toutes les autres marques. Mais quand ce fut le tour du belliqueux Polypète, aussi loin qu'un bouvier lance sa houlette au milieu de son troupeau de génisses, aussi loin il lança le disque au delà de tous les autres. Tout le monde applaudit; et les compagnons du puissant Polypète emportèrent le prix de leur roi à ses vaisseaux creux.

Achille propose pour prix aux vainqueurs au tir à l'arc, du fer, dix haches à deux tranchants et dix simples cognées; puis il plante, loin, dans le sable, le mât d'un navire à la proue sombre, y attache au moyen d'une corde assez mince, une timide colombe par la patte,

Ἔφατο ὥς·
Πολυποίτης δὲ μενεπτόλεμος
ὦρτο ἔπειτα,
ἂν δὲ μένος κρατερὸν
Λεοντῆος ἀντιθέοιο
ἂν δὲ Αἴας Τελαμωνιάδης
καὶ Ἐπειὸς δῖος.
Ἵσταντο δὲ ἑξείης·
Ἐπειὸς δὲ δῖος ἕλε σόλον,
ἧκε δὲ δινήσας·
πάντες Ἀχαιοὶ δὲ ἐπεγέλασαν.
Λεοντεὺς, ὄζος Ἄρηος,
ἀφέηκεν αὖτε δεύτερος·
Αἴας μέγας Τελαμώνιος
ἔρριψεν αὖτε τὸ τρίτον
[ἀπὸ χειρὸς στιβαρῆς,
καὶ ὑπέρβαλε σήματα πάντων].
Ἀλλὰ ὅτε δὴ Πολυποίτης
μενεπτόλεμος
εἷλε σόλον,
ὅσσον τις ἀνὴρ βουκόλος
ἔρριψέ τε καλαύροπα
(ἡ δὲ ἑλισσομένη τε πέτεται
διὰ βοῦς ἀγελαίας),
τόσσον ὑπέρβαλε παντὸς ἀγῶνος·
τοὶ δὲ ἐβόησαν.
Ἕταροι δὲ
Πολυποίταο κρατεροῖο
ἀνστάντες
ἔφερον ἄεθλον βασιλῆος
ἐπὶ νῆας γλαφυράς.
Αὐτὰρ ὁ τίθει σίδηρον ἰόεντα
τοξευτῇσι,
κατετίθει δὲ δέκα μὲν πελέκεας,
δέκα δὲ ἡμιπέλεκκα,
ἔστησε δὲ ἱστὸν
νηὸς κυανοπρώροιο
.ηλοῦ ἐπὶ ψαμάθοις·
ἐξέδησε δὲ ποδὸς
πέλειαν τρήρωνα

Il dit ainsi :
or Polypète guerrier-intrépide
s'élança ensuite,
se leva aussi la vigueur puissante
de Léontée égal-aux-dieux,
se leva encore Ajax fils-de-Télamon
et Epéus divin.
Ils se placèrent en-rang ;
et Epéus divin prit la masse,
et *la* lança *l'*ayant-fait-tournoyer ;
et tous les Achéens en-rirent.
Léontée, race de Mars,
*l'*envoya à-son-tour le second ;
Ajax grand, fils-de-Télamon,
la jeta à-son-tour le troisième
[de *sa* main vigoureuse,
et surpassa les marques de tous].
Mais lorsque certes Polypète
guerrier-intrépide
prit la masse,
autant que un homme bouvier
a jeté *sa* houlette
(celle-ci tournoyant vole
à travers les génisses en-troupeaux),
autant il dépassa toute l'arène ;
et eux crièrent.
Mais les compagnons
de Polypète puissant,
s'étant levés,
emportèrent le prix du roi
vers les vaisseaux creux.
Cependant lui plaçait le fer sombre
pour les archers,
et déposait et dix haches,
et dix demi-haches,
et il plaça le mât
d'un navire à-la-proue-sombre
loin dans les sables ;
et il y lia *par* le pied
une colombe timide

λεπτῇ μηρίνθῳ δῆσεν ποδὸς, ἧς ἄρ' ἀνώγει
τοξεύειν. « Ὅς μέν κε βάλῃ τρήρωνα πέλειαν,   855
πάντας ἀειράμενος πελέκεας οἰκόνδε φερέσθω·
ὃς δέ κε μηρίνθοιο τύχῃ, ὄρνιθος ἁμαρτὼν
(ἥσσων γὰρ δὴ κεῖνος), ὁ δ' οἴσεται ἡμιπέλεκκα. »
    Ὥς ἔφατ'· ὦρτο δ' ἔπειτα βίη Τεύκροιο ἄνακτος,
ἂν δ' ἄρα Μηριόνης, θεράπων ἐὺς Ἰδομενῆος.   860
Κλήρους δ' ἐν κυνέῃ χαλκήρεϊ πάλλον ἑλόντες·
Τεῦκρος δὲ πρῶτος κλήρῳ λάχεν. Αὐτίκα δ' ἰὸν
ἧκεν ἐπικρατέως, οὐδ' ἠπείλησεν ἄνακτι
ἀρνῶν πρωτογόνων ῥέξειν κλειτὴν ἑκατόμβην.
Ὄρνιθος μὲν ἅμαρτε (μέγηρε γάρ οἱ τόγ' Ἀπόλλων),   865
αὐτὰρ ὁ μήρινθον βάλε πὰρ πόδα, τῇ δέδετ' ὄρνις·
ἀντικρὺ δ' ἀπὸ μήρινθον τάμε πικρὸς ὀϊστός.
Ἡ μὲν ἔπειτ' ἤϊξε πρὸς οὐρανὸν, ἡ δὲ παρείθη
μήρινθος ποτὶ γαῖαν· ἀτὰρ κελάδησαν Ἀχαιοί.
Σπερχόμενος δ' ἄρα Μηριόνης ἐξείρυσε χειρὸς   870

et la désigne comme un but aux flèches. « Celui qui atteindra la timide
colombe emportera dans sa tente toutes les doubles haches ; et celui
qui touchera la corde, sans atteindre l'oiseau, n'emportera que les
simples cognées. »

Il dit. Alors se lèvent le vaillant Teucer et Mérion, serviteur d'I-
doménée. On agite les sorts dans un casque d'airain. Teucer obtient
de tirer le premier : aussitôt il décoche une flèche avec force ; mais il
oublie de promettre au divin Apollon une illustre hécatombe d'agneaux
premiers-nés. Il manque l'oiseau, grâce au ressentiment du dieu, et
ne touche que la faible corde qui retenait la colombe par la patte. La
flèche aiguë coupe le lien qui retombe vers la terre, tandis que l'oiseau s'envole vers le ciel. Les Grecs applaudissent. Mérion saisit vite

μηρίνθῳ λεπτῇ,	par une corde mince,
ἧς ἀνώγει ἄρα	laquelle *colombe* il ordonna certes
τοξεύειν.	de viser-avec-l'arc.
« Ὅς μέν κε βάλῃ	« Celui-qui d'un côté aura frappé
πέλειαν τρήρωνα,	la colombe timide,
φερέσθω οἰκόνδε	qu'il emporte chez lui
πάντας πελέκεας ἀειράμενος·	toutes les haches *les* ayant enlevées.
ὃς δέ	Celui-qui d'un autre côté
κε τύχῃ μηρίνθοιο,	aura atteint la corde,
ἁμαρτὼν ὄρνιθος	ayant manqué l'oiseau
(κεῖνος γὰρ δὴ ἥσσων),	(car celui-là certes *sera* inférieur),
ὁ δὲ οἴσεται ἡμιπέλεκκα. »	celui-là emportera les demi-haches. »
Ἔφατο ὥς·	Il dit ainsi :
βίη δὲ Τεύκροιο ἄνακτος	or la force de Teucer prince
ὦρτο ἔπειτα,	s'élança ensuite,
ἂν δὲ ἄρα Μηριόνης,	se leva aussi certes Mérion,
θεράπων ἐὺς Ἰδομενῆος.	serviteur vaillant d'Idoménée.
Ἑλόντες δὲ κλήρους	Or ayant pris des sorts
πάλλον	ils *les* agitaient
ἐν κυνέῃ χαλκήρεϊ·	dans un casque d'airain;
Τεῦκρος δὲ πρῶτος	et Teucer le premier
λάχε κλήρῳ.	obtint par le sort *de tirer*.
Αὐτίκα δὲ ἧκεν ἰὸν	Or aussitôt il envoya le trait
ἐπικρατέως,	avec-grande-force,
οὐδὲ ἠπείλησεν	mais il ne promit pas
ἄνακτι	au souverain *Apollon*
ῥέξειν	de devoir sacrifier
ἑκατόμβην κλειτὴν	une hécatombe illustre
ἀρνῶν πρωτογόνων.	d'agneaux premiers-nés.
Ἅμαρτε μὲν ὄρνιθος	Il manqua à la vérité l'oiseau
(Ἀπόλλων γὰρ μέγηρέν οἱ τόγε),	(car Apollon envia à lui cela),
αὐτὰρ ὁ βάλε μήρινθον πὰρ πόδα,	mais il frappa la corde près du pied,
τῇ ὄρνις δέδετο·	par où l'oiseau avait été attaché ;
ὀϊστὸς δὲ πικρὸς	et la flèche amère
ἀπέταμε μήρινθον ἀντικρύ.	coupa la corde tout-à-fait.
Ἡ μὲν ἔπειτα ἤϊξε πρὸς οὐρανὸν,	Celle-là ensuite s'élança vers le ciel,
ἡ δὲ μήρινθος παρείθη ποτὶ γαῖαν·	et la corde pendit vers la terre ;
ἀτὰρ Ἀχαιοὶ κελάδησαν.	et les Achéens applaudirent.
Μηριόνης δὲ ἄρα σπερχόμενος	Or Mérion certes s'empressant
ἐξείρυσε τόξον χειρός·	*lui* arracha l'arc de la main ;

τόξον· ἀτὰρ δὴ ὄϊστὸν ἔχεν πάλαι, ὡς ἴθυνεν.
Αὐτίκα δ᾽ ἠπείλησεν ἑκηβόλῳ Ἀπόλλωνι
ἀρνῶν πρωτογόνων ῥέξειν κλειτὴν ἑκατόμβην.
Ὕψι δ᾽ ὑπὸ νεφέων εἶδε τρήρωνα πέλειαν·
τήν ῥ᾽ ὅγε δινεύουσαν ὑπὸ πτέρυγος βάλε μέσσην·   875
ἀντικρὺ δὲ διῆλθε βέλος· τὸ μὲν ἂψ ἐπὶ γαίη
πρόσθεν Μηριόναο πάγη ποδός· αὐτὰρ ἡ ὄρνις
ἱστῷ ἐφεζομένη νηὸς κυανοπρώροιο,
αὐχέν᾽ ἀπεκρέμασεν, σὺν δὲ πτερὰ πυκνὰ λίασθεν.
Ὠκὺς δ᾽ ἐκ μελέων θυμὸς πτάτο, τῆλε δ᾽ ἀπ᾽ αὐτοῦ   880
κάππεσε· λαοὶ δ᾽ αὖ θηεῦντό τε θάμβησάν τε.
Ἂν δ᾽ ἄρα Μηριόνης πελέκεας δέκα πάντας ἄειρε,
Τεῦκρος δ᾽ ἡμιπέλεκκα φέρεν κοίλας ἐπὶ νῆας.

Αὐτὰρ Πηλείδης κατὰ μὲν δολιχόσκιον ἔγχος,
κὰδ δὲ λέβητ᾽ ἄπυρον, βοὸς ἄξιον, ἀνθεμόεντα,   885
θῆκ᾽ ἐς ἀγῶνα φέρων· καί ῥ᾽ ἥμονες ἄνδρες ἀνέσταν·
ἂν μὲν ἄρ᾽ Ἀτρείδης εὐρυκρείων Ἀγαμέμνων,
ἂν δ᾽ ἄρα Μηριόνης, θεράπων ἐὺς Ἰδομενῆος.
Τοῖσι δὲ καὶ μετέειπε ποδάρκης δῖος Ἀχιλλεύς·

l'arc des mains de Teucer, y ajuste le trait qu'il tenait prêt depuis longtemps, et promet aussitôt à Phébus, qui lance au loin les traits, une illustre hécatombe d'agneaux premiers-nés : il voit la colombe effrayée s'élever dans les nuages, et l'atteint au vol au milieu de l'aile. La flèche traverse l'oiseau et se fiche en terre, en retombant aux pieds de Mérion. La colombe s'abat sur le mât du sombre navire, où elle reste suspendue, la tête penchée et les ailes pendantes. La vie 'échappe de son corps, et elle va retomber plus loin. L'assemblée contemplait, saisie d'étonnement. Mérion emporte les dix haches d'armes, et Teucer les dix haches à un seul tranchant, vers les vaisseaux creux.

Le fils de Pélée apporte encore dans l'arène une lance, qui projette au loin son ombre, et un bassin qui n'a pas encore vu le feu, de la valeur d'un bœuf, et sur lequel sont ciselées différentes fleurs. Les plus habiles à lancer le javelot se présentent : ce sont le puissant Agamemnon, fils d'Atrée, et Mérion, le vaillant écuyer d'Idoménée Le divin Achille aux pieds légers leur dit :

ἀτὰρ δὴ ἔχεν οἰστὸν πάλαι,   mais certes il avait la flèche dès lon⌐
ὡς ἴθυνεν.   comme si il *l*'ajustait.   temps.
Αὐτίκα δὲ ἠπείλησε ῥέξειν   Et aussitôt il promit de devoir offrir
Ἀπόλλωνι ἑκηβόλῳ   à Apollon qui-lance-au-loin-*les-traits*
ἑκατόμβην κλειτὴν   une hécatombe illustre
ἀρνῶν πρωτογόνων.   d'agneaux premiers-nés.
Εἶδε δὲ ὕψι ὑπὸ νεφέων   Et il regarda en haut sous les nuages
πέλειαν τρήρωνα·   la colombe timide ;
ὅγε ῥα βάλε τὴν δινεύουσαν   celui-ci certes frappa elle tournoyant
μέσσην ὑπὸ πτέρυγος·   par-le-milieu sous l'aile ;
βέλος δὲ διῆλθεν ἀντικρύ·   et le trait traversa de-part-en-part :
τὸ μὲν πάγη ἂψ ἐπὶ γαίη   celui-ci se ficha de retour sur terre
πρόσθε ποδὸς Μηριόναο ·   devant le pied de Mérion :
αὐτὰρ ἡ ὄρνις ἐρεζομένη   cependant l'oiseau suspendu
ἱστῷ νηὸς κυανοπρώροιο,   au mât du vaisseau à-la-sombre-proue,
ἀπεκρέμασεν αὐχένα,   laissa-pendre le cou,
πτερὰ δὲ πυκνὰ   et *ses* ailes épaisses
συνελίασθεν.   tombèrent-en-même-temps.
Θυμὸς δὲ πτάτο ὠκὺς   Et la vie s'envola rapide
ἐκ μελέων,   de *ses* membres,
κάππεσε δὲ τῆλε ἀπὸ αὐτοῦ·   et elle tomba loin de là ;
λαοὶ δὲ αὖ θηεῦντό τε   alors les peuples et contemplaient
θάμβησάν τε.   et furent saisis-d'étonnement.
Μηριόνης δὲ ἄρα ἀνάειρε   Or donc Mérion enleva
πάντας δέκα πελέκεας,   toutes les dix haches,
Τεῦκρος δὲ φέρεν ἡμιπέλεκκα   et Teucer emporta les demi-haches
ἐπὶ νῆας κοίλας.   vers les vaisseaux creux.
   Αὐτὰρ Πηλείδης   Cependant le fils-de-Pélée
κατέθηκε μὲν ἔγχος δολιχόσκιον,   déposa un javelot à-longue-ombre,
λέβητα δὲ ἄπυρον,   et un bassin qui-n'avait-pas-vu-le-feu,
ἄξιον βοὸς, ἀνθεμόεντα,   du-prix d'un bœuf, décoré de fleurs,
φέρων ἐς ἀγῶνα·   *le* portant dans l'arène ;
καί ῥα ἀνέσταν   alors certes se levèrent
ἄνδρες ἥμονες·   des hommes lançant-le-javelot ;
ἂν μὲν ἄρα Ἀγαμέμνων   donc se leva d'un côté Agamemnon
Ἀτρείδης εὐρυκρείων,   fils-d'Atrée puissant-au-loin,
ἂν δὲ ἄρα Μηριόνης,   d'un autre côté aussi se leva Mérion,
θεράπων ἐὺς Ἰδομενῆος.   serviteur fort d'Idoménée.
Ἀχιλλεὺς δὲ δῖος ποδάρκης   Or Achille divin aux-pieds-forts
μετέειπε καὶ τοῖσιν·   dit aussi à eux :

« Ἀτρείδη, ἴδμεν γὰρ ὅσον προβέβηκας ἁπάντων,　　　890
ἠδ' ὅσσον δυνάμει τε καὶ ἥμασιν ἔπλευ ἄριστος·
ἀλλὰ σὺ μὲν τόδ' ἄεθλον ἔχων κοίλας ἐπὶ νῆας
ἔρχευ, ἀτὰρ δόρυ Μηριόνῃ ἥρωϊ πόρωμεν,
εἰ σύγε σῷ θυμῷ ἐθέλοις· κέλομαι γὰρ ἔγωγε. »
　　　῝Ως ἔφατ'· οὐδ' ἀπίθησεν ἄναξ ἀνδρῶν Ἀγαμέμνων.　　　895
Δῶκε δὲ Μηριόνῃ δόρυ χάλκεον· αὐτὰρ ὅγ' ἥρως
Ταλθυβίῳ κήρυκι δίδου περικαλλὲς ἄεθλον.

« Fils d'Atrée, nous savons combien tu l'emportes sur tous les autres par ta force et ta puissance à lancer le javelot. Accepte donc et
porte dans tes vaisseaux creux ce prix du combat; et si ton cœur y
consent, nous allons donner la lance au vaillant Mérion : c'est du
moins là mon sentiment. »

Il dit. Le prince des hommes, Agamemnon, y consent ; et le héros
donne à Mérion le javelot d'airain, et au héraut Talthybius, le prix
magnifique.

« Ἀτρείδη, « Fils-d'Atrée,
ἴδμεν γὰρ ὅσον car nous savons combien
προβέβηκας ἁπάντων, tu l'as emporté-sur tous,
ἠδὲ ὅσσον ἔπλευ ἄριστος et combien tu étais le meilleur
δυνάμει τε καὶ ἥμασιν· et par la puissance et par les jets;
ἀλλὰ σὺ μὲν ἔρχευ ἐπὶ νῆας κοίλας, mais toi va vers les vaisseaux creux,
ἔχων τόδε ἄεθλον, ayant ce prix,
ἀτὰρ πόρωμεν δόρυ et ayons donné la lance
Μηριόνῃ ῥήωι, à Mérion héros,
εἰ σύγε ἐθέλοις si toi du moins tu le voudrais
σῷ θυμῷ· en ton cœur;
ἔγωγε γὰρ κέλομαι. » car pour moi je t'y engage. »
Ἔφατο ὥς· Il dit ainsi;
Ἀγαμέμνων δὲ ἄναξ ἀνδρῶν et Agamemnon, prince des hommes,
οὐκ ἀπίθησε. ne désobéit pas.
Δῶκε δὲ Μηριόνῃ Mais il donna à Mérion
δόρυ χάλκεον· une lance d'airain;
αὐτὰρ ὅγε ἥρως cependant ce héros.
δίδου ἄεθλον περικαλλὲς donnait le prix magnifique
Ταλθυβίῳ κήρυκι. à Talthybius héraut.

NOTES

SUR LE VINGT-TROISIÈME CHANT DE L'ILIADE.

Page 2. — 1. Μὴ δή πω ὑπ' ὄχεσφι, etc. Achille revenant au camp et faisant rendre hommage à Patrocle par tous ses Thessaliens sous les armes, c'est Énée ordonnant un sacrifice funèbre en l'honneur d'Anchise (Virgile, *Énéide*, livre V, vers 50, etc.).

Page 4. — 1. Κάδ' δ' ἴζον παρὰ νηί, etc. Le repas funèbre des Thessaliens se retrouve dans les cérémonies décrites par Virgile (*Énéide*, livre V, vers 95).

— 2. Le mot τάφον, *sépulture*, veut dire ici *repas funèbre ;* et il doit s'entendre non-seulement du repas qui suit les funérailles, mais aussi de celui qui se prend autour même du corps, comme dans ce passage.

Page 8. — 1. Πηλείδης δὲ, etc. Cette apparition de Patrocle au fils de Pélée est une des plus belles de l'Iliade. Virgile l'a prise pour modèle dans l'apparition d'Hector à Énée (*Énéide*, liv. II, vers 268).

Page 10. — 1. Εὕδεις, αὐτὰρ, etc. Le discours de Patrocle est plein d'une douce mélancolie : il conjure son ami de hâter ses funérailles, et il lui annonce qu'il succombera bientôt lui-même, et demande qu'alors une même urne réunisse leurs cendres.

Page 10. — 2. Ἀλλ' αὔτως ἀλάλημαι ἀν' εὐρυπυλὲς Ἄϊδος δῶ. *C'est ainsi que j'erre devant la demeure de Pluton aux vastes portes.*

« Hæc omnis, quam cernis, inops inhumataque turba est; etc. »

(*Énéide*, liv. VI, v. 325 et seq.)

On voit ici que, d'après une des traditions les plus respectées de l'antiquité payenne, le sort de ceux qui ont quitté cette vie dépendait de la piété de ceux qui leur survivent, et cette croyance religieuse s'est, à quelques modifications près, perpétuée jusqu'à nous.

Page 12. — 1. Ἤματι τῷ ὅτε, etc. Le fils d'Amphidamas se nommait Clysonyme, ou Éanés, ou peut-être Lysandre.

Page 12. — 2. Τίπτε μοι, ἠθείη κεφαλή, etc. Les paroles de Patrocle sont pleines d'une douce affection, et la réponse d'Achille est noble et affectueuse, comme les paroles d'Énée à Hector, dans Virgile (*Énéide*, liv. II, vers 280).

Page 16. — 1. Πολλὰ δ' ἄναντα κάταντα πάραντά τε δόχμιά τ' ἦλθον. Exemple remarquable d'harmonie imitative, qui peint admirablement bien les efforts d'une marche pénible à travers des *chemins montants, sablonneux, malaisés*.

Page 18. — 1. ... ξανθὴν ἀπεκείρατο χαίτην. C'était une coutume ancienne, dans les grandes douleurs, de couper ses cheveux, souvent pour en faire hommage à des êtres dont le souvenir était cher.

Page 26. — 1. Εἰλαπίνην δαίνυντο. On a fait la remarque que toutes les fois qu'un personnage est introduit dans une assemblée des dieux, il les trouve à table. C'est que dans les siècles héroïques, les plaisirs de la table étaient au rang des plus douces jouissances. C'est, de la part d'Homère, de la *couleur locale*.

Page 28. — 1. Χρύσεου ἐκ κρητῆρος, etc. Ces vers rappellent ceux de Virgile (*Énéide*, liv. V, vers 76), quand Énée, invoquant le nom de son père, lui offre des libations, comme Achille à Patrocle.

Page 32. — 1. Χεύαντες δὲ τὸ σῆμα, etc. Les jeux commencent, dans Homère comme dans Virgile, par l'ouverture du cirque et l'énumération des prix (*Énéide*, liv. V, vers 104).

Page 32. — 2. Ἱππεῦσιν μὲν πρῶτα, etc. Ici commence le premier jeu, la course des chars, dont la description est plus longue que celle des autres jeux réunis. On en voit une imitation dans Sophocle (*Électre*, vers 680). Virgile a remplacé la course des chars par une joute de vaisseaux; c'est du reste la même marche et le même dénoûment (*Énéide*, liv. V, vers 114). Voyez encore Stace, *Thébaïde*, chant VI; Quinctus, *Paralipomènes*, chant IV; Nonnus, *Dionysiaques*, chant XXXVII; Fénélon, *Télémaque*, livre V.

Page 38.—1. Ἀντίλοχ' ἤτοι μέν σε, etc. Le discours de Nestor à Antiloque est bien dans le caractère du vieillard, qui tâche de suppléer à la force par l'expérience et les ressources de l'esprit.

Page 44. — 1. Οἱ δ' ἅμα πάντες ἐφ' ἵπποιιν, etc. Cette riche description de la course des chars a certainement inspiré Virgile (*Géorgiques*, livre III, vers 103, et livre V, vers 144).

Page 54. — 1. Ἀλλ' οὐ μὰν οὐδ' ὣς ἄτερ ὅρκου οἴσῃ ἄεθλον. *Mais ce ne sera certainement pas sans prononcer un serment que tu remporteras ce prix*. Certains traducteurs ont bien voulu trouver une difficulté dans ce passage. Mais il est bien probable que si on ne l'explique pas, c'est que cela n'en vaut pas la peine, et qu'Homère est assez clair ici par lui-même. Car sans recourir à la supposition d'Ernesti, qui verrait dans ces mots un proverbe dont la tradition serait perdue; sans même interpréter le mot ὅρκος dans son acception primitive (*obstacle, empêchement*), on peut y voir sans trop de subtilité l'annonce du serment que Ménélas va bientôt exiger d'Antiloque, au vers 581 et suiv.

« Ἀντίλοχ', εἰ δ', ἄγε δεῦρο, Διοτρεφὲς, ἧ θέμις ἐστί, etc.

« *Antiloque, viens ici, nourrisson de Jupiter, et, comme c'est l'usage, debout devant tes coursiers et ton char, tenant en main le fouet flexible dont tu te servais tout à l'heure, et la main sur tes chevaux, jure par Neptune, qui entoure et fait trembler la terre, jure que tu n'as pas, exprès et par artifice, embarrassé mon char !* »

Page 74. — 1. ..... ὅτε φρίσσουσιν ἄρουραι.

Spicea jam campis cùm messis inhorruit.

(VIRGILE, *Géorgiques*, liv. I, vers 314.)

Page 76. — 1. Εἴθ' ὣς ἡβώοιμι, βίη τέ μοι ἔμπεδος εἴη,
'Ως ὁπότε κρείοντ' Ἀμαρυγκέα θάπτον Ἐπειοὶ
Βουπρασίῳ, παῖδες δ' ἔθεσαν βασιλῆος ἄεθλα!

Que ne suis-je encore jeune; que n'ai-je encore la même vigueur qu'à l'époque où les Épéens firent les funérailles du roi Amaryncée, à Buprasie, où ses fils firent célébrer des jeux! Amaryncée, fils d'Alector, vaillant guerrier, qui vint de Thessalie en Élide, et secourut Augias contre Hercule. Augias, pour le récompenser, l'associa au trône. La ville de Buprasie, où furent célébrées ses funérailles, était située en Élide, sur les confins de l'Achaïe.

Page 78. — 1. Ἀγκαῖον δὲ πάλη Πλευρώνιον, ὅς μοι ἀνέστη. *Je vainquis à la lutte Ancée, de Pleuron, qui osa me résister.* Pleuron fut une ville de l'Étolie, sur le fleuve Événus. Elle était habitée par les Curètes, et avait un temple de Minerve.

Page 100. — 1. Αὐτὰρ Πηλείδης θῆκεν σόλον αὐτοχόωνον. *Puis le fils de Pélée apporte le disque énorme....* σόλος signifie *orbe, boule*, selon les uns; et, selon les autres, il serait synonyme de *disque*. Seulement le disque était ordinairement fait de pierre, et σόλος signifie proprement *masse de fer*; σόλος αὐτοχόωνος, *masse de fer fondu*; *masse grossière, qui n'est pas travaillée.* On traduit par *disque*, afin de n'être pas obligé de recourir à une périphrase qui n'est pas dans le grec, puisque σόλος correspond immédiatement à δίσκος.

LIBRAIRIE DE L. HACHETTE ET Cie

TRADUCTIONS JUXTALINEAIRES

DES

PRINCIPAUX AUTEURS CLASSIQUES GRECS,

FORMAT IN-12.

⋯⋙◦◦◦◦⋘⋯

Cette collection comprendra les principaux auteurs
qu'on explique dans les classes.

EN VENTE :

ARISTOPHANE : Plutus. 2 fr. 25 c.
BABRIUS : Fables............ 4 fr.
BASILE (Saint) : De la lecture des
auteurs profanes....... 1 fr. 25 c.
— Contre les usuriers......... 75 c.
— Observe-toi toi-même...... 90 c.
CHRYSOSTOME (S. JEAN) : Homé-
lie en faveur d'Eutrope...... 60 c.
— Homélie sur le retour de l'évêque
Flavien.................... 1 fr.
DÉMOSTHÈNE : Discours contre la
loi de Leptine.......... 3 fr. 50 c.
— Discours pour Ctésiphon ou sur la
Couronne...3............ 3 fr. 50 c.
— Harangue sur les prévarications de
l'ambassade .... 6 fr.
— Les trois Olynthiennes. 1 fr. 50 c.
— Les quatre Philippiques..... 2 fr.
ESCHINE : Discours contre Ctésiphon.
Prix..................... 4 fr.
ESCHYLE : Prométhée enchaîné. 2 fr.
— Les Sept contre Thèbes.. 1 fr 50 c.
ÉSOPE : Fables choisies...... 75 c.
EURIPIDE : Électre......... 3 fr.
— Hécube................. 2 fr.
— Hippolyte............. 3 fr. 50 c.
— Iphigénie en Aulide..... 3 fr. 25 c.
GRÉGOIRE DE NAZIANZE (Saint) :
Éloge funèbre de Césaire. 1 fr. 25 c.
— Homélie sur les Machabées.. 90 c.
GRÉGOIRE DE NYSSE (Saint) :
Contre les usuriers........ 75 c.
— Éloge funèbre de Saint Mélèce. 75 c.
HOMÈRE : Iliade, 6 volumes. 20 fr.
Chants I à IV. 1 vol.... 3 fr. 50 c.
Chants V à VIII. 1 vol.... 3 fr. 50 c.
Chants IX à XII. 1 vol.... 3 fr. 50 c.
Chants XIII à XVI. 1 vol.. 3 fr. 50 c.
Chants XVII à XX. 1 vol.. 3 fr. 50 c.
Chants XXI à XXIV. 1 vol. 3 fr. 50 c.
Chaque chant séparément. 1 fr.
— Odyssée. 6 vol.......... 24 fr.
Chants I à IV. 1 vol........ 4 fr.
Le 1er chant séparément.... 90 c.
Chants V à VIII. 1 vol....... 4 fr.

Chants IX à XII. 1 vol....... 4 fr.
Chants XIII à XVI. 1 vol..... 4 fr.
Chants XVII à XX. 1 vol...... 4 fr.
Chants XXI à XXIV. 1 vol .... 4 fr.
ISOCRATE : Archidamus. 1 fr. 50 c.
— Conseils à Démonique..... 75 c.
— Éloge d'Évagoras.......... 1 fr.
LUCIEN : Dialogues des morts. 2 fr. 25
PÈRES GRECS (Choix de discours).
Prix................... 7 fr. 50 c.
PINDARE : Isthmiques (les). 2 fr. 50 c.
— Néméennes (les)......... 3 fr.
— Olympiques (les)..... 3 fr. 50 c.
— Pythiques (les)..... 3 fr. 50 c.
PLATON : Alcibiade (le prem.). 2 fr. 50
— Apologie de Socrate...... 2 fr.
— Criton................ 1 fr. 25 c.
— Phédon............... 5 fr.
PLUTARQUE : Lecture des poëtes.
Prix................... 3 fr.
— Vie d'Alexandre........... 3 fr.
— Vie de César............. 3 fr.
— Vie de Cicéron........... 3 fr.
— Vie de Démosthène..... 2 fr. 50 c.
— Vie de Marius........... 3 fr.
— Vie de Pompée.......... 5 fr.
— Vie de Solon........... 3 fr.
— Vie de Sylla......... 3 fr. 50 c.
SOPHOCLE : Ajax....... 2 fr. 50 c.
— Antigone........... 2 fr. 25 c.
— Électre............. 3 fr.
— OEdipe à Colone......... 2 fr.
— OEdipe roi........... 1 fr. 50 c.
— Philoctète.......... 2 fr. 50 c.
— Trachiniennes (les)... 2 fr. 50 c.
THÉOCRITE : OEuvres comp. 7 fr. 50
— La première Idylle........ 45 c.
THUCYDIDE : Guerre du Péloponèse,
livre II................. 5 fr.
XÉNOPHON : Apologie de Socrate. 50 c.
— Cyropédie, livre I...... 1 fr. 25 c.
— Cyropédie, livre II......... 2 fr.
— Entretiens mémorables de Socrate
(les quatre livres)..... 7 fr. 50 c.
Chaque livre séparément.. 2 fr.

A LA MÊME LIBRAIRIE : Traductions juxtalinéaires des principaux
auteurs latins qu'on explique dans les classes.

Imprimerie de Ch. Lahure et Cie, rue de Fleurus, 9.

www.ingramcontent.com/pod-product-compliance
Lightning Source LLC
Chambersburg PA
CBHW051553280626
47162CB00022B/2063